나는 나를 믿는다

일러두기

영화와 드라마 등의 매체, 시 제목은 〈 〉로, 단행본은 《 》로 표기했습니다.

나는 나를 믿는다

흔들리는 내 손을 잡아 줄 진짜 이야기

이지은 지음

허밍버드
Hummingbird

결국 나를 일으킨 건 나였다

꼬박 10시간을 잠 한숨 못 자고 날아, 마침내 브리즈번 공항에 도착했다는 기내 방송이 나왔다. 발리 신혼여행에서 산 메모리 폼 베개는 제 기능도 뽐내 보지 못하고, 비행기 좌석 한쪽에 찌그러졌다. 남편은 10년 만에, 나는 생애 처음으로 가는 호주였다.

그 당시 워킹 홀리데이로 호주에 올 수 있는 마지막 나이에 결혼과 이민을 결정했다. 퇴사와 호주행 준비까지 정신없이 시간을 보내다 보니 출국 전날이 돼서야 내가 무슨 결정을 한 건지 정신이 번쩍 들었다. 비행기에서 둘 다 잠이 올 리 없었다. 좁은 이코노미 좌석만큼이나 타이트한 통장 잔액과 3년짜리 영주권 계획표를 가지고, 우리는 호주에 왔다. 캐리어를 찾아 공항을 나오면서도 잠시 여행을 온 건지, 정말 살아 보겠다고 온 건지 실감이 나지 않았다. 분홍색 니트에 남아 있던 11월 인천의 쌀쌀한 공기는 호주의 40도 폭염에 고스란히 증발해 버렸고, 계절의 간극만큼이나 한국에서의 전날 밤이 아득해지기 시작했다.

한곳에서 잘 자라던 나무를 새로운 땅으로 옮겨 심으면, 나무가 그곳에 뿌리를 내리는 데는 4배의 힘이 더 필요하다고 한다. 30대 초반에 호기롭게 도전한 이민도 그랬다. 무성하게 잘 키워 낸 가지들을 다 쳐내고, 말도 생활도 낯선 곳에서 새로운 가지를 있는 힘껏 뻗어 내야 했다. 그러면서 나는 온갖 마음의 파도를 만났다. 아름답게 빛나는 한낮의 윤슬도 있었지만, 빠져나오려 허우적댈 힘조차 없어 검은 바다로 가라앉고 있는 나를 그저 바라 봐야 할 때도 있었다.

생각보다 나는 나를 잘 몰랐다. 익숙함으로부터 멀어져 있는 동안 내가 할 수 있는 건 끊임없이 나를 만나는 일이었다. 처음 겪어 보는 외로움, 내 마음인데도 어쩌지 못하는 우울함, 말하고 싶지만 차마 꺼내지 못하는 감정들 때문에 거울 속의 나는 때때로 타인처럼 생경했다. 다른 사람을 위해서는 기꺼이 시간과 마음을 내어 주면서, 정작 나 자신과는 무슨 대화를 어떻게 해야 할지 몰라 필요한 때에 내 마음을 제대로 들어 줄 수 없었다.

서툴지만 천천히 나를 인정하고, 내 뒷모습의 표정들도 들여다보기 시작할 때 비로소 내 마음이 내 옆에 있었다. 가지 않았다면 보지 못했을 풍경과, 이곳으로 오지 않았다면 결코 몰랐을 9년이라는 숱한 계절을 낯선 나라에서 보고 느끼며, 나는 조금씩 중심을 잡는 법을 배웠다. 내 마음의 시소가 한쪽으로 오래 기울어져 있지 않도록, 내 삶에 있어 중요한 것들이 소란한 세상 속에서 흔들리지 않도록, 유연하면서도 때로는 고집 있게 나를 지켜 내는 연습을 했다.

그렇게 마음의 뼈가 자라나는 진한 30대의 성장통을 앓아 보내고, 마흔이 되었다. 모호하게만 느껴지던 자신을 사랑하라는 말이, 온전한 나를 발견하라는 의미였다는 걸 뒤늦게 깨닫고 나서야, 새 땅에 내린 뿌리에 힘이 생기고 가지에 잎사귀가 조금씩 돋아나기 시작했다.

결국 나를 일으킨 건 나였다.

나밖에 할 수 없는 일이었다.

차례

Part 2   나를 믿고 일상의 중심을 잡는 연습

Part 3 나로서 행복한 나날들

Part 1

왜 나는 이토록 나를

알아보지 못했을까

떠나서야 비로소 알게 된 것

떠나서야 알게 됐다.

내가 어떤 사람인지.

그리고 내가 원하는 삶에 대해서.

"왜 호주에 왔어요?"

누군가와 조금이라도 가까워지면 어김없이 듣게 되는 질문이다. 그 질문에 현실적으로 답하자면 빨리 결혼하고 싶어서. 조금 더 있어 보이게 답하자면 삶의 새로운 도전을 위해서라고 할 수 있겠다. 둘 다 틀린 말은 아니다. 남자친구와 결혼 이야기를 나누던 서른둘, 집값을 생각하면 결혼은 당장에는 어려운 일이었다. 무엇보다 그는 이직을 고민하고 있었고, 나도 하는 일에 약간의 회의감이 들던 차였다. 그러다 호주에 살고 계신 형님들의 이야기를 들었고, 우리도 호주에서 결혼 생활을 시작해 보면 어떨까 하는 생각이 들었다. 브리즈번의 한 유학원 아르바이트 일까지 소개받았기에 처음부터 그리 맨땅의 헤딩처럼 보이지도 않았다.

그렇게 결혼과 함께 시작된 호주에서의 생활이 나의 첫 독립이 되었다. 출근만 2시간이 걸리는 파주 출판 단지로 첫 직장을 다니면서도 본가에서 따로 나와 살 생각은 해 보지 않았다. 대학생 때 어학연수를 다니며 한 번쯤 해외에서 살면 어떨까 생각은 했어도, 거기에 호주가 포함된 적도 없었다. 이래저래 나는 한 번도 꿈꿔 본 적 없는 독립을 그것도 계절마저 반대인 남반구에서 시작하게 됐다.

　　막연히 한국과 비슷할 거라 생각했던 호주 생활은 많이 달랐다. 우선 처음 계획했던 브리즈번이 아닌, 남호주 애들레이드로 넘어왔다. 이사 날 들어오기로 했던 전기는 들어오지 않았고 기술자마저 퇴근을 했다. 일하러 시티에 나가려면 30분마다 오는 버스를 기다려야 했고, 인터넷은 11일 만에, 가스는 신청한 지 일주일 만에 들어왔다. 처음 겪어 보는 40도 폭염에도 집주인이 에어컨을 고쳐 주지 않아 더위를 먹었다.

　　좋은 것보다 아쉬움과 불편함만 쌓여 갔고 그럴 때마다 내 마음은 한국으로 내달렸다. 익숙하고 편하고 그래서 오히려 더 넓고 자유롭게 느껴지던 한국과 가족이 있는 집으로.

그렇게 꾸역꾸역 지내는 와중에 불편했던 게 환경만은 아니었다. 호주로 나오며 응원을 훨씬 더 많이 받았지만, 핀잔도 있었다. 부모에게 불효하는 거라는 말. 이런 말은 왜 한번 마음에 박히면 지워지지도 않는지. 부모님께 결혼과 이민 계획을 함께 말씀드리면서, 안 그래도 갑자기 떠나는 것 같아 죄송한 마음이 들었다. 그런데 식사 자리에서 친척 어른으로부터 그런 이야기를 듣고 나니 화도 나고, 억울하고, 제대로 시작도 하기 전에 마음부터 불편해졌다.

　　내가 호주에 오고 나서도 종종 엄마가 얼마나 자주 허전해하시고 우시는지 알게 되면서 마음은 더 무거워졌다. 게다가 워킹 홀리데이에서 학생 비자로 넘어가는 과정까지 꼬이다 보니 과연 이게 잘한 결정인지, 이곳에 살겠다고 들어온 게 맞는 일인지 의심이 들었다.

　　그러던 어느 날, 좋아하는 마스다 미리 작가의 책을 보다가 주인공의 한마디가 마음에 와닿았다.

　　씨앗이 엄마 나무 바로 아래에만 떨어지면 클 수 없다고, 떨어져 나가는 것 외에 자신의 세상을 넓힐 방법은 없다는 말이었다.

초등학교 기간제 교사로 일하며 엄마의 기대를 저버리지 않기 위해 애쓰는 히나에게, 그리고 딸을 걱정하며 품에 두고 자기 뜻대로 해 주기를 바라는 그녀의 엄마에게, 주인공 하야카와가 한 말이다.

마스다 미리 작가의 '떨어져 나가는 것'이 반드시 물리적인 거리를 말하는 건 아니겠지만, 나는 말 그대로 멀리 떨어져 나왔다. 한국에 가려면 직항이 없어서 다른 도시를 거쳐 꼬박 이틀이 걸릴 만큼 멀리 날아왔다. 그렇게 처음 살아 보는 곳에서 나는 조금씩 나를 발견해 갔다.

서른이 넘어서도 내가 어떤 사람인지 다 알지 못했고, 마음을 솔직하게 들여다보는 일에 서툴렀다는 걸 알았다. 내가 무슨 일을 할 때 행복하고, 삶에 무엇을 채우고 비워 가고 싶은지, 하루를 버티게 하는 에너지는 어디서 나오는지, 익숙함 뒤에서 보이지 않던 것들이 낯섦 앞에서는 선명히 드러났다.

그걸 찾는 과정이 순탄하지만은 않았다. 환경도 서울과 달랐고, 외국인 노동자에게 수월한 선택지도 거의 정해져 있었기 때문이다. 하지만 호주에서 새롭게 맺은 인연들로부터 내가 갖고자 하는 삶의 태도를 배웠고, 두렵지만 도전해 보며 행복의 의미들을 긁어모았다.

　그리고 나는 엄마에게도 선물을 했다. 자녀를 바라보는 삶
으로부터 조금씩 독립해 나가는 시간을. 엄마에게 그리 달가
운 선물은 아니었을지 몰라도, 언젠가는 마주할 시간이었다. 단
지 나는 연습도 없이 너무 갑작스럽게 드리고 말았다. 자식을
멀리 떠나보낸 후에 걱정되고, 보고 싶어 하지 않을 부모는 없
을 것이다. 엄마의 치열한 인생에서 가족이, 특히 동생과 내가
얼마나 큰 의미인지도 알고 있다. 하지만 당신의 인생을 조금 더
당신을 바라보는 데 채웠으면 하는, 멀리 가는 딸의 조바심 담
은 변명과도 같은 선물이었다. 잘 받으신 건지는 모르겠다.

　떠나서야 알게 됐다. 내가 어떤 사람인지. 그리고 내가 원
하는 삶에 대해서. 갖고 있던 퍼즐 조각이 제대로인 것도 있었
지만, 맞지 않는 퍼즐의 모서리를 끼우려고 "이게 맞아"라며
안간힘을 주고 있기도 했다. 타인의 기대와 스스로에 대한 강
박 때문에 나인 척하는 내가 아닌, 진짜 나를 알아봐 주었을
때 나는 더 단단해졌다. 선택한 일에 덜 걱정하고, 책임지는 일
에 자신감 한 장을 더할 수 있었다.

호주에 어떻게 오게 되었냐는 질문과 함께 심심치 않게 "그래서 잘한 것 같아?"라는 말이 뒤따라온다. 사실 살기로 했던 지역부터 지원하려고 했던 비자 종류까지, 한국에서 세웠던 이민 계획대로 된 건 하나도 없었다. 마냥 후회만 할 수도 없어 우리는 다른 대안을 찾아야 했고, 그저 계속해 나갔다. 그래서 언젠가부터 호주에 온 것이 잘한 선택인지 아닌지 따지는 건 아무 의미가 없다는 생각이 들었다. 그저 그때의 내 선택이었고, 현재의 삶일 뿐이니까. 그래서 나는 "그냥 사는 거지 뭐"라고 답하곤 한다. 그 "그냥"이라는 말에는 한국에서나 호주에서나 사는 건 다 똑같다는 의미가 담겨 있기도 하고, "지금 너무 잘하고 있다"는 나를 위한 믿음과 응원이 들어 있기도 하다.

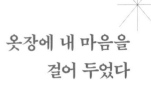

옷장에 내 마음을
걸어 두었다

비우고 나니
오롯이 '지금의 나'만 보였다.

○

날씨가 점점 쌀쌀해져서 방 한편 행거에 걸어 두었던 반팔과 간절기 옷들을 넣으려고 정리함을 꺼냈다. 1년에 두 번, 여름과 겨울에 옷 정리를 할 때면 자연스럽게 내가 가지고 있는 옷을 거의 전부 꺼내 놓게 된다. 정리하면서 잘 안 입는 옷들은 버리려고 하지만, 버리는 일이 생각보다 쉽지 않아 고작 한두 벌씩만 마음먹고 버릴 뿐이었다. 그래서 이번에는 정리 컨설턴트 곤도 마리에의 방법을 써 보기로 했다.

정리 전문가인 그녀는 《곤도 마리에 정리의 힘》이라는 책에서 "물건을 하나하나 만져 보고 설레지 않으면 버리라"라고 말한다. 정리를 위해서는 버리기부터 시작해야 하는데, 남길 물건과 버릴 물건을 구분하는 가장 간단하고 명쾌한 방법이라고 한다.

곤도 마리에의 말을 생각하며 꺼낸 옷들을 하나씩 펼쳐보고 설레는지 생각했다. 그중에 가장 어려운 건 추억 때문에 버리지 못하는 옷들이었다. 만지면 충분히 설레지만 입고 나갈 일이 없거나 몸에 맞지 않아 입을 수도 없다. 지금 생각하면 반짝반짝하기만 한 20대, 30대의 나를 떠올리게 하는, 주로 한국에서 가져온 옷들이다. 다시 입으면 그때만큼 자신감 있게 살아질 것 같고, 젊고 예뻐 보일 것 같은 옷들. 거기에 묻은 추억들을 차마 버리지 못해, 입지도 않으면서 앨범처럼 간직하고 있었다. 스몰 사이즈 정장 원피스와 예쁜 스커트들은 허벅지에 걸려 더 이상 올라가지도 않는다. 내가 좋아했던 트위드 재킷, 코트, 하늘하늘한 블라우스들은 숨을 참아 봐도 양쪽 팔을 다 넣기 힘든 게 현실이었다.

옷을 버린다고 추억이 사라지는 것도 아닌데, 유난히 감성적인 나는 버리지 못하는 물건이 비단 옷뿐만이 아니다. 그래도 어찌어찌 버릴 옷들과, 집 근처 의류 정리함에 넣을 옷들을 따로 챙겼다. 담아 보니 큰 종이 가방 두 개만 한 양이었다. 언젠가는 입겠지 싶어 몇 년을 가지고 있었지만, 단 한 번도 입지 않고 그저 이삿짐에 불과했던 옷과 가방들이었다.

정리를 마친 옷장을 보니 마치 나를 보고 있는 것 같았다. 지금의 내가 어떻게 지내고 있는지 한눈에 보였다. 일할 때 입는 루스 핏과 펑퍼짐한 프리 사이즈 옷가지들, 하의는 블랙 아니면 그레이 레깅스가 대부분이었다. 스트라이프 디자인은 긴팔, 반팔, 속옷, 양말 할 것 없이 또 왜 이리 많은지. 옷을 사러 가면 무심코 줄무늬 옷부터 보곤 했는데, 그런 나를 한사코 말리던 남편이 이해됐다.

지금 입는 옷들처럼 나는 호주에서 캐주얼하게 일하고, 헐렁하게 지낸다. 한국에서 몸에 꼭 맞는 정장을 입을 때는 그 시간을 살아가는 것도 타이트했다. 일주일을 빼곡하게 계획과 약속으로 채웠고, 아무것도 하지 않는 시간이 그렇게 아까워 잠자는 시간도 미루면서 뭔가를 하려고 했다. 나를 위해서, 혹은 일 때문이라는 핑계로.

타이트한 삶에 맞게 조여 놓았던 허리띠를 호주에 와서 풀었을 때, 나는 갑자기 헐렁해진 일상에 뭘 해야 할지 몰라 혼란스러웠다. 소중한 시간을 낭비하고 있는 건 아닐까 하는 죄책감마저 들었다.

배우 공유가 〈유 퀴즈 온 더 블럭〉 방송에서 '어떻게 살 것인가'라는 질문을 받았을 때 이야기한 시가 있다. 호주의 젊은 시인 에린 헨슨(Erin Hanson)이 쓴 〈아닌 것(Not)〉이라는 제목의 시다.

그 시가 전하는 메시지는 이랬다.

당신의 나이, 당신의 몸무게, 당신의 머리 색깔은 당신이 아니라고.

우리가 믿는 것, 사랑하는 사람, 꿈꾸는 미래, 바로 이것들이 진짜 우리 자신이라고.

하지만 내가 아닌 외적인 요소들로 나를 정의하는 그 순간에는, 우리가 아름다운 존재라는 사실을 잊어버리는 것 같다고 그 시는 말했다.

나는 너무나 익숙하게도 나라는 존재를, 보여지는 것들로 정의하고 있었다. 내가 어떤 사람인지를 자신에 대한 믿음보다 타인의 시선에 걸쳐지는 것들로 증명하려 했던 건 아닐까. 나이를 생각하면 조바심이 났고, 살이 찌면서 옷 사이즈는 스몰에서 때때로 라지 사이즈까지 커졌다. 내가 어디에 살건 생활은 그곳에 금세 익숙해질지라도, 앞으로 어떤 마음으로 살아가야 할지는 낯설고도 막연했다.

그래서 한국에서 가져온 예쁘지만 입지 못하는 옷들을 볼 때면 그때가 많이 그리웠다. 레깅스가 아니라, 다시 정장에 힐을 신고 좋아하는 일을 하고 싶었다. 그 모습이 더 나답다고 생각했다. 호주 생활이 만족스럽지 않아 자꾸 과거만 바라보고 있는 시선을 돌리기가 쉽지 않았다.

나는 그렇게 입지도 못하는 옷들과 함께 과거의 나를, 그때의 건강함과 반짝임을 그리워했다. 설레지 않으면 버리라는 메시지가 인상적이기도 했지만, 현재를 직시했을 때 나는 비로소 그 옷들을 버릴 수 있었다. 비우고 나니 오롯이 '지금의 나'만 보였다. 그때의 나는 정장이 편했고, 지금의 나는 레깅스가 편하니까 자꾸 옛날 옷에 미련 두지 말고 지금 내게 맞는 옷으로 옷장을 채워야겠다고 생각했다. 더 이상 쓰지 않을 물건들은 그때그때 정리해야 미련도 덜 남을 텐데, 그게 참 생각처럼 쉽지가 않다. 물건도, 내 마음도.

결혼은 온수 매트

결혼 역시 나도 몰랐던 나를
발견해 가는 일이라는 걸 알게 됐다.

○

"나는 그저 다른 무엇이 아닌 자기 자신이 되는 것이 더 중요
하다고 간단하고 평범하게 중얼거릴 뿐입니다."

_《자기만의 방》, 버지니아 울프 지음, 임영빈 옮김, 반니, 2020

　　남자친구와 결혼을 하면 하고 싶었던 내 로망 중 하나는,
퇴근 후 함께 마트에 가서 장을 보고 저녁을 해 먹는 일이었다.
늘 야근에 시달리고, 주말 데이트를 하면서도 업무 연락에 치
이던 남자친구와 같이 퇴근을 하는 건 꿈도 못 꿀 일이었기에,
평범해 보이지만 쉽지 않은 그 일이 결혼 생활의 작은 로망 중
하나였다. 호주에 와서도 서로의 출퇴근 시간이 달라 한동안
은 어쩐지 그저 룸메이트 같은 생활을 했지만, 지금은 비슷한
시간에 퇴근하고 함께 장을 보며 저녁을 준비한다. 그렇다면
난 꿈꾸던 결혼 생활을 하고 있는 걸까?

결혼 4개월 차, 호주에서 지내는 첫 여름의 어느 날. 남편은 방에서 비자에 필요한 아이엘츠 시험공부를 하고 있었고, 나는 거실에 홀로 앉아 멍하니 창밖을 바라보고 있었다. 그러다 문득 "아, 외롭다"라는 말이 식탁 위로 툭 떨어졌다. 한국에 있을 때는 한 번도 외롭다고 느껴 본 적이 없었기에, 무심코 튀어나온 그 말이 내가 한 말이 맞는지 스스로도 놀라울 뿐이었다. 결혼이 이렇게 외로운 일일 줄이야. 그 누구도 말해 준 적 없었다. 나 혼자 있는 것도 아니고, 남편과 함께 있는데 어떻게 이렇게 외로울 수 있을까. 남편과의 관계가 나쁜 것도 아니었는데, 나는 신혼 초에 인생 처음으로 가장 외로웠다.

우리는 한국에서 결혼한 지 2개월 만에 호주 생활을 시작했다. 오래 고민했다기보다 조금은 갑작스럽게 한 결정이었기에, 이 마음이 충분한 준비 없이 시작한 타향살이에서 오는 건지, 남자친구가 남편이 되는 과정에서 오는 알 수 없는 감정 때문인지 헷갈렸다. 하지만 외롭다는 감정만은 분명했다. 방문을 닫은 건 남편이었지만, 오히려 거실 가운데에 앉아 있는 내가 갇혀 있는 기분이었다. 어쩌면 나는 정말 혼자여서 외로웠을 수도 있다. 호주에는 결혼한 세 분의 형님 가족들이 계셨다. 함께 사는 동안 형님들께서 잘 챙겨 주셨지만, 결혼한 지 얼마 되지 않은 터라 나는 자연스럽게 한국에 있는 친정 가족들이 생각날 수밖에 없었다.

하지만, 의외로 그 쓸쓸함의 크기는 내가 나만의 생활 바운더리를 만들어 가면서 자연스럽게 작아져 갔다. 형님들과 함께 살던 브리즈번을 떠나 애들레이드로 주 이동을 하고 나서야 본격적으로 이력서를 돌리고 일자리를 구했다. 또래의 지인들이 생겼고, 호주 생활에서 오는 어렵고 힘든 마음을 그들과 함께 이해하고 공감하며 얘기할 수 있었다. 내 버전의 호주 생활이 조금씩 생기기 시작하자, 그동안 내가 남편에게 나도 모르게 심적으로 많은 부분을 의지하고 있었다는 걸 알았다. 결혼하고서도 한국에서 계속 직장을 다녔다면 애초부터 그런 감정을 느끼지 않았을지도 모르겠다. 내 외로움은 결국 남편이 곁에 있고 없고가 아니라, 내가 자연스럽게 즐기던 내 사회생활의 결핍에서 오는 게 컸던 것 같다. 호주에서 정착을 준비하며 내가 원하는 일이 하나씩 없어졌다. 나의 사회생활과 취미도 예전 같지 않고, 내 의지만으로 선택할 수 있는 것들이 많이 없었다. 어딘가에 잃어버린 듯했던 내 삶의 중심을 하나둘씩 다시 찾아오고 나서야 나는 외롭지 않았다.

　나이가 들면 부모로부터 경제적, 정서적 독립을 해야 하는 것처럼, 이미 성인이 돼서 만난 부부도 당연히 서로에게서 어느 정도 독립을 하는 것이 필요하다. 하나와 하나가 만나서 그만큼 더 큰 하나가 되는 거라 생각했던 결혼은 독립된 두 사람, 각각의 하나로서 함께 살아가는 일이었다. 각자가 오롯이 튼튼한 마음으로 홀로 설 수 있어야 결혼의 관계도 더 끈끈해질 수 있었다.

　바닥의 난방 문화가 없는 호주에서는 겨울이면 난방 텐트를 쓰는 사람들도 있지만, 우리는 그 대신 썰렁한 침대 위에 온수 매트를 깐다. 전원을 켜면 온풍기처럼 바로 따뜻한 바람이 슝 하고 나오지는 않지만, 켜 놓고 조금 기다리면 물이 천천히 데워지며 잠들기 좋은 따뜻한 온도가 된다. 그 온수 매트에 누워 결혼도 비슷하다는 생각을 했다. 나란히 누운 양쪽의 온도는 각자 맞출 수가 있는데, 나는 남편보다 4도 정도 더 따뜻하게 해야 잠을 잘 잔다. 아마 양쪽 온도를 똑같이 맞춰야 했다면 누구도 제대로 만족하지 못해 잘 쓰지 않았을지 모른다. 각자에게 편안한 온도를 맞추듯, 각자 인생의 온도를 잘 맞춰야 결혼이라는 온수 매트도 잘 쓸 수 있는 것 같다. 말이 잘 통하고, 서로가 중요하게 생각하는 가치와 마음이 비슷해서 자연스럽게 결혼을 결심했지만, 30년을 다르게 살아온 만큼 서로의 생활 패턴은 많이 달랐다. 식사 후에 설거지를 언제 하는지, 치약은 어떻게 짜는지, 심지어 빨래 너는 방법까지 달랐지만, 자신의 스타일을 고집하기보다는 존중하며 때로는 서로의 스타일을 닮아 갔다.

그러다 보니, 결혼 역시 나도 몰랐던 나를 발견해 가는 일이라는 걸 알게 됐다. 새로운 세계를 경험하는 여행과 크게 다르지 않다. 이렇게 익숙한 나인데도, 저 구석 어딘가 새로운 내 얼굴을 마주하게 된다. 서로의 세상을 배우고, 둘이 만들어 가는 시간 속에 드러나는 나의 낯섦을 끊임없이 만난다.

이제는 더 이상 외롭거나 쓸쓸하지 않다. 남편이 한국에 급한 일이 생겨 한동안 호주에서 혼자 지내야 했을 때도 보고 싶기는 했지만 외롭지는 않았다. 내가 오롯이 설 수 있을 만큼 다시 주체적인 내가 되었기 때문에.

한겨울의 썰렁한 집안 공기에 이불 밖으로 내놓은 얼굴이 차갑다. 온수 매트가 따뜻해지며 노곤해지는 가운데 그런 생각이 들었다. 이만하면 나는 꿈꾸던 결혼 생활을 잘하고 있다고.

취미는 삶의 등뼈 같은 것

좋아하는 일을 매일 하며 얻는 사소한 성취감은

무너졌던 감정들을 소리 없이 다시 회복시켜 주었다.

나는 한 브런치 카페에서 일하고 있다. 남호주 애들레이드 시티의 한 쇼핑몰 안에 있는 이 아담한 공간에서 일하면서 정말 다양한 사람들을 만난다. 보통 늦어도 오후 3~4시면 문을 닫는 주변의 다른 카페와 달리, 우리 카페는 쇼핑몰 안에 있어서 평일은 오후 5시, 쇼핑 데이인 금요일은 밤 9시까지 운영한다. 그리고 주말 영업도 하다 보니, 관광객과 쇼핑을 하러 온 사람들로 북적인다. 하지만 매일같이 카페에 찾아와서 커피를 주문하는 오랜 단골손님들 역시 많다.

카페 오픈 시간에 맞춰 찾아오는 존은 라지 라테, 아래층 전자 제품 매장에서 근무하는 귀염둥이 메건은 항상 라지 플랫화이트에 설탕 한 개, 아침 산책을 마치고 거의 매일 11시 반쯤 신문을 들고 오는 게리 아저씨는 라지 카푸치노, 근처 디올 매장에서 근무하는 리즈는 미디엄 롱 블랙, 짧은 머리에 항상 올 블랙 세미 수트를 입고 오는 시크한 언니는 오트 카푸치노와 바나나 브레드, 평일 9시쯤이면 각자 자신의 텀블러를 가지고 내려오는 여덟 명의 대학교 직원들까지, 차마 다 적을 수 없을 만큼 단골손님이 많다. 늘 같은 커피를 마시기 때문에 "굿모닝" 인사가 곧 주문이다.

그중에 책을 들고 있는 손님들과는 책 이야기를 나누며 더 빨리 가까워졌다. 논픽션을 좋아하는 존에게는 내가 좋아하는 미국인 심리 상담가의 책을 추천해 주었더니 너무 재미있게 읽었다며 얼마 후, 자신이 좋아하는 요한 하리(Johann Hari) 작가의 책을 빌려주었다. 소설을 좋아하는 조시는 내게 호주 작가의 장르 소설을, 전자책을 선호하는 짧은 머리의 청년 아리는 자서전 여러 권을 추천해 주었다. 근처 대학교의 세종 학당에서 한국어를 배우고 있는 중국인 친구 멍멍은 내게 한국어 에세이 첨삭을 물어보다가 친해졌다. 얼마 후 한국어 에세이 콘테스트에서 2등을 해 상금을 받았다며 나에게 저녁을 사 주었던 날, 우리는 서점에 들러 섹션별로 돌아다니며 1시간 넘게 구경했다. 그녀는 다양한 장르와 국적의 작가들을 알고 있었고, 에세이 편독자인 내 독서 생활의 볼륨을 넓혀 주었다. 직업도 외모도 국적도 성별도 나이도 다른 서로가, 좋아하는 관심사 하나로 그 자리에서 친구가 됐다. 신기하면서도 즐거운 경험이었다.

살다 보니 내가 하는 일이 바뀌고, 나이가 들면서 만나는 사람들도 달라졌다. 내 의지로든 아니든 자연스럽게 삶의 환경이 변할 때, 유일하게 변하지 않는 건 내 취미였다. 정말 책을 많이 읽는 애서가, 다독가들과 비교할 바는 아니지만, 독서는 나의 유일하면서도 오래된 취미이자, 가장 좋아하는 탐닉이다. 사춘기도 채 오지 않았던 5학년 여름 방학, 중학생인 옆집 언니 집에 놀러 갔다가 에밀리 브론테의 《폭풍의 언덕》을 처음 읽고 느꼈던 복잡미묘한 사랑에 대한 감정은 꽤 충격적이었다. 그 이후 책상 위에는 항상 몇 권의 책이 있었고, 여행을 가면 로컬 서점 구경은 필수였다. 가방에 책 한 권 넣어 둔 것만으로도 애착 인형을 가지고 나온 듯 마음 한구석이 든든했고, 잠자는 것만큼이나 마음의 체력을 회복할 수 있었다.

일상의 태풍 속에서 감정이 휘몰아쳐도 책의 문을 두드리는 순간, 지쳤던 하루를 "그래도 나쁘지만은 않았어"라고 다시 말할 수 있었고, 책은 쪼그라진 마음을 위로하는 안식처가 됐다. 읽었던 책 사진을 올리고 싶어 인스타그램에 북스타그램 부계정도 하나 만들었는데, 책을 좋아하는 전 세계 북 러버들과 연결되어 읽고 싶은 책 목록은 쌓여만 가고 있다.

내가 이렇게 취미 예찬론자이다 보니, 사람들을 만나면 그들의 취미가 궁금하다. 반짝이는 눈과 상기된 목소리로 자신의 취향에 관해 이야기할 때면 그 유쾌함이 듣는 내게도 고스란히 전해지고 참 근사해 보인다.

내 남동생은 나보다 더한 취미 부자다. 정적인 나와는 달리 탁구도 치고, 자전거도 탄다. 결혼 후 조카들이 태어나면서 처분했지만, 꽤 전문적인 장비까지 들이며 방에 작은 수족관도 만들어 관리했다. 언제 어떻게 시작한 건지 무뚝뚝한 K남매 스타일로 굳이 물어본 적은 없지만, 알게 모르게 탁구용품과 자전거들이 늘어났고, 아마추어 대회도 출전할 정도로 동생은 취미에 열정적이었다. 내가 책을 읽는 것처럼 동생은 움직임이 많은 활동적인 취미를 하며 스트레스를 풀었다. 다크서클이 턱까지 내려온 얼굴을 하고서도 퇴근 후에 탁구를 치러 또 나가는 모습을 보면, 뭐 그렇게까지 하나 싶다가도 그 해방감을 알기에 조심히 다녀오라 말하곤 했다.

고민 많던 어린 시절에 마음의 도피처였던 독서가 지금은 내게 없어서는 안 될, 삶의 등뼈 같은 존재가 됐다. 좋아하는 취미가 직업이 되었으면 해서 대학 졸업 후 출판사에 들어갔고, 퇴사 후 호주에 온 지금도 나는 여전히 일주일에 한 번씩 서점에 출근 도장을 찍는다. 너무 피곤하고 스트레스를 받아서 영 책이 안 읽힐 것 같다가도 막상 책을 펼치면 그런 감정은 저만치 물러가고, 나는 작가의 이야기에 쏙 들어와 있곤 했다. 좋아하는 일을 매일 하며 얻는 사소한 성취감은 무너졌던 감정들을 소리 없이 다시 회복시켜 주었다.

꾸준히 해 온 취미가 너무 올곧게 독서 하나뿐이라, 한때 다른 것도 도전해 봤다. 아이패드 드로잉은 온라인 클래스 종강과 함께 자체 종강을 했고, 컬러링 북은 그림 다섯 장을 채 완성하지 못하고 책장 깊숙이 넣어 두었다. 먹는 걸 좋아하지만 요리가 결코 취미가 되긴 어려웠고, 뜨개질은 내 취향을 전혀 고려하지 않은 선택이었다. 편독만큼 취향의 편식도 꽤 강한 편이라는 걸 알게 됐다.

단연 독서를 좋아하지만 어려운 점이 하나 있다면, 점점 늘어나는 책들을 모아 두기는 힘들고 처분하기도 싫다는 거다. 읽는 책의 80퍼센트는 아직 종이책이라 이 부동산의 문제를 잘 해결해야 하는데, 그게 참 쉽지 않다. 언젠가 만 권의 책을 꽂을 수 있는 서재, 아니 그런 책 별장을 하나 지을 수 있다면 좋겠다. 서점 하나가 그냥 내 서재라면 금상첨화겠지.

내 이름을 불러 준다는 것

다른 사람 때문에 내 이름을 바꾸지 말라는 말이,
나답게 지내라는 그 메시지가 어쩐지 이름에 대해
다시 생각하게 했다.

○

　호주에 와서 한국과 참 다르다고 생각한 것 중 하나가 사람들이 스스럼없이 서로의 이름을 물어본다는 것이었다. 일면식도 없는 사람이 대화 몇 마디 했다고 내 이름을 물어보면, 나는 '왜 이름을 물어볼까?' 조금 의아한 생각부터 들었다. 한국에서는 학창 시절 새 학기가 시작되었을 때, 거래처와 서로 명함을 주고받을 때 이름을 확인하게 되는 경우가 대부분인데, 호주 사람들은 왜 이렇게 다른 사람의 이름에 관심이 많을까.

　특히나 손님이 이름을 물어보는 경우가 자주 있었는데, 뜸을 들이다 마지못해 이름을 말해 주면, 손님들은 서툰 발음으로 내 이름을 정확히 말하려 노력하며 "Thank you"라는 말과 함께 악수를 청했다. 그냥 고맙다고 인사할 때보다 더 정중

하게 느껴졌고, 이 사람이 나에게 얼마나 진심인지 짐작할 수 있었다. 그저 이름을 불러 줬을 뿐인데.

'지은'이라는 한국 이름을 얼마 동안 쓰다가, '은'의 발음을 매번 교정해 줘야 하는 게 내가 불편하고 번거로워서, 스텔라(Stella)라는 영어 이름을 만들었다. '별'이라는 의미가 좋아서 지었는데 이름을 말할 때마다 영, 입에 붙지 않고 어색했다.

어느 날, 퇴근 후 정류장에서 버스를 기다리다가 같은 버스를 기다리던 옆자리 남자와 이야기를 하게 됐다. 버스가 너무 늦게 온다며 날씨 얘기, 워홀 얘기, 딸 키우는 얘기를 하다가 통성명을 했고, 내 영어 이름을 듣더니 다시 진짜 이름을 물었다. 그러고는 한국 이름이 훨씬 예쁘다며 이름을 바꾸지 말라는 말과 함께 나란히 버스에 올랐다.

내릴 때가 되어서 벨을 눌렀는데, 얼마 뒤 그 남자가 멀찌감치 앞에 앉아 있는 내게 다가와서 무언가를 건넸다. 흔들리는 버스에서 삐뚤빼뚤 적은 메모였다.

Dear Jieun

Do not change your name for anyone.
It is a beautiful name and you should be proud have
it as you are beautiful also.

Our meeting has been a blessing on me.
Take care and be yourself.

– Josh –

다른 사람 때문에 내 이름을 바꾸지 말라는 말이, 나답게
지내라는 그 메시지가 어쩐지 이름에 대해 다시 생각하게 했
다. 내가 굳이 영어 이름을 만든 이유는 다른 사람이 편하게
부르기 위함이었고, 나는 내 이름으로 불릴 때가 더 좋았던 게
사실이다. '내 이름 = 나답게'라는 말이 타지에서 내 정체성을
잃지 말라는 말처럼 들려 고마웠다.

그럼에도 나는 아직 영어 이름을 쓴다. 다만 한국 이름과

영어 이름을 적당히 섞어서. 영 어색한 스텔라 대신 한국 이름의 이니셜을 하나씩 따서 제니(Jenny)라고 다시 만들었고, 이력서에는 한국 이름 옆에 괄호를 하고 영어 닉네임도 남긴다. 학교에서 수업을 들을 때는 네임 텐트(Name Tent 수업 시간에 교수가 이름을 부를 수 있도록 책상 위에 이름을 적어 올려 두는 종이)에 Jieun Lee라고 한국 이름을 쓰지만, 출석지에는 내 한국 이름과 닉네임 제니도 함께 쓰여 있다. 꼭 내 한국 이름으로 불러 달라고 말하지 않아도, 사람들은 친해지면 내 진짜 이름을 물어보고 불러 주기 시작했다. 처음 일했던 매장의 호주인 사장은 나를 처음부터 한국 이름으로 불렀고, 동료들은 대부분 제니라고 부르지만, 조금 덜 바쁠 때는 가끔 "지.은."이라고도 부른다.

내 이름이 온전히 나라는 것, 크게 인지하며 살아 본 적이 없었다. 항상 "지은아!", "지은 씨" 혹은 직함 앞에 붙는 내 이름으로 당연하게 불리다가 어느 순간 누군가의 와이프가 됐고, 영어 이름도 생기며 진짜 내 이름 대신 다른 단어로 나를 소개해야 할 순간들이 생겼다. 아직 누구 엄마가 되지는 않았지만, 시간이 지나며 또 다른 수식들이 붙겠지. 그럼 나는 그 역할과 함께 내 이름도 얘기해 주고 싶다.

디저트 카페에서 일하던 주말 저녁, 늘 비슷한 시간에 들러 항상 아이스 롱블랙을 주문하는 키 큰 호주 청년이 있었다. 아마도 근처에서 일하는 것 같은데, 몇 주간 계속 마주치다 보니 반가워서 어느 날 덜컥 손님한테 커피를 건네며 호주에 와서 처음으로 누군가에게 이름을 물었다. 스스럼없이 손님에게 이름을 물어보다니. 어느새 나도 호주 물 많이 먹었구나 싶은 순간이었다. 그렇게 올 때마다 샘도 "Hi, Jenny. How are you?" 하며 짧은 안부와 함께 웃으며 주문을 한다. 이름을 부를 때 서로에게 더 가까워지고 애정이 생긴다. 그렇다고 몇 번 만난 손님들에게 자꾸 "너 이름이 뭐니?"라며 아는 척하는 날 보며, 이건 호주 물을 먹어서인지 나이를 먹어서 아줌마가 되어 가는 건지 좀 헷갈리기도 한다.

라면 끓이는 법을
영어로 해 보세요

이 못난이 영어로도
다른 사람과 마음을 나눌 용기는 이제 충분하다.

○

지하철과 버스를 갈아타며 출근만 2시간 걸리던 파주 출판 단지로 첫 직장을 다닌 지 2년 반, 막차를 놓칠까 전전긍긍하던 야근 생활을 그만하고 싶어 사직서를 냈다. 이직할 곳이 정해진 것도 아니었고, 그동안 배우고 싶었던 캘리그래피를 해보자는 생각뿐이었다. 6주 수업의 마지막 날, 수강생들이 자신이 쓴 손 글씨 중에 가장 마음에 드는 걸 고르면, 강사가 준비한 천 파우치에 인쇄해 기념품처럼 나눠 주었다. 10년도 더 지난 지금, 수료증은 어디론가 사라졌고, 파우치는 여전히 내 방 서랍 안에 오래된 보물처럼 들어 있다. 파우치에는 내가 좋아하는 책 제목을 썼다. 마치 부적이라도 된 것처럼, 얼마 후 나는 그 책을 출간한 출판사에 면접을 보러 갔다.

"영문과 졸업하셨으면 영어도 잘하시겠어요. 라면 끓이는 방법도 영어로 설명할 수 있으세요?"

면접이 끝나고 인사를 나누며 일어나기 직전에 대표님의 질문을 받았다. 지금 이 글을 쓰고 있는 중에도 그때를 생각하면 얼굴이 화끈거린다. 대학을 졸업하고 한 번도 영어를 해본 적이 없었고, 질문 역시 생각하지 못한 것이라 참 당황스러웠다. 누가 봐도 나는 영어로 라면을 끓이다 말았고, 그 맛없는 라면은 회식 때 종종 좋은 안주가 되기도 했다. 호주에서 영어로 소통하며 일하고 있는 지금도 라면을 끓일 때면 가끔 그 질문이 생각난다. 영문과를 다니며 영어 과외 아르바이트도 했지만, 누가 물어보면 차라리 국문과라고 얘기하고 싶을 만큼 나는 영어에 자신이 없었다. 영어 알레르기가 있는 정도는 아니었지만, 1지망이었던 국문과에 가지 못해 수능 점수에 맞춰 2지망 학교의 영문과에 들어간 것뿐이었다.

호주에서 만난 비영어권자 모두가, 그들이 호주에서 지낸 시간과 비례하는 출중한 영어 실력을 갖춘 건 아니었다. 유창한 사람들도 있었지만, 용감한 사람들도 있었다.

호주에서 중고등학교와 대학교를 다닌 이민 2세대들의 영어는 원어민 같다. 하지만 그들보다 더 오랜 시간 호주에 살며 사업도 하는 이민 1세대 역시 완벽한 영어를 하는 건 아니었다. 문법이 깨져도 용감하게 단어만 내뱉으며 이야기하는 사람들도 있었고, 은행이나 병원과 같은 곳에서 부모의 말을 통역하는 자녀들의 모습도 자주 볼 수 있었다.

불완전한 문장, 브로큰 잉글리시보다 더 어려운 건, 소통을 주저하는 사람이다. 내가 그랬다. 호주에 처음 왔을 때, 내 귀는 막혀 있었다. 실전은 너무 다른데? 이건 알아듣겠는데, 저건 못 알아듣겠고. 입은 접착제를 붙여 놓은 듯 떨어지지 않았다. 뭐라도 말하면 되는데, 머릿속은 열심히 문장을 만드느라 바빴다. 게다가 옆에 한국인이라도 있으면, 틀리면 창피하다는 생각에 영어로 말하는 것을 더 주저하게 됐다.

어떤 외국어가 되었든 똑같겠지만, 현지에 산다고 해서 영어가 일취월장하지는 않는다. 공부하지 않으면 일상에 필요한 만큼, 일할 때 사용하는 수준만큼의 영어만 익숙해지게 되고, 나도 그 수준에 꽤 안정적으로 오래 머물게 됐다.

가장 중요한 건 소통하려는 의지와 용기였다. 일하면서 동료들과 대화를 하다 보면 스스로 '어법에 틀리게 말하고 있다'는 것을 인지할 때가 있다. 하지만 그렇다고 해서 이제는 말하는 것을 주저하지 않는다. 네이티브한 영어 실력보다 소통이 우선이니까. 내가 원어민이 아닌 걸 그들도 알고 있기에, 내가 콩떡같이 말해도 그들은 찰떡같이 알아듣는다.

그리고 점차 알게 됐다. 손님이 "Pardon?"이라 되묻는 이유가 내 영어가 틀리거나 이상해서라기보다, 연세 지긋하신 손님의 청력이 좋지 않기 때문일 수도 있겠다고. 내 키가 작아서 190cm가 넘는 손님한테는 내 목소리가 작게 들렸을 수도 있겠다고. 영어가 익숙하지 않은 손님들이 주문할 때면 호주에 처음 왔을 때가 생각나 뒤에 손님들이 얼마나 기다리고 있든 오히려 마음이 너그러워진다. 얼마나 긴장했을지 알기에 천천히 기다리며 그들이 알아듣기 쉽게 느리게 말하거나 메뉴를 콕 짚어 가며 주문을 확인한다.

호주에는 수많은 스타일의 영어가 공존한다. 서로 다른 영어 실력을 갖춘 사람들과의 소통을 통해 내가 가장 많이 배운 건, 영어 표현보다도 그들의 태도였다. 개인의 서툰 모습이

민폐가 되지 않는 여유로운 마음. 약자를 배려하는 문화와 그 걸 당연하게 여기는 사회 분위기. 상대의 외적인 모습만으로 사람을 섣불리 평가하지 않는 시선들.

　내년이면 호주에 온 지 10년이 된다. 까마득한 그 시간이 언제 이렇게 지나갔나 싶어 실감 나지 않는다. 안타깝지만 "살면서 영어가 가장 쉬웠어요!"라고 할 수 있는, 뭐 그런 때는 아직도 오지 않았다. 여전히 영어는 스트레스다. 나보다 더 잘하는 사람도, 더 어려워하는 사람도 모국어가 아니기에 영어는 모두에게 스트레스다. 하지만, 이 못난이 영어로도 다른 사람과 마음을 나눌 용기는 이제 충분하다.

　이 충만한 용기를 갖고, 그날의 그 질문을 다시 받는다면 어떨까? 지금이라면 영어로 맛있는 라면을 거뜬히 끓이고 사이드 메뉴로 김치볶음밥까지 만들고도 남겠지만, 솔직한 내 취향대로 "I don't like ramen that much, but……"라고 말할 것 같다. 그때 내가 고민해야 했던 건 라면 봉지 뒤에 쓰여 있는 정확한 레시피를 말하는 것이 아닌, 표현하고자 하는 의지를 보여 주는 게 아니었을까.

마음의 종양을 떼어 내다

끝나지 않을 것 같던 우울이라는 터널이

어느새 저만큼 뒤에 있었다.

○

　동생의 결혼식을 앞두고 호주에 온 지 3년 반 만에 한국에 들어갔다. 111년 만이라는 폭염도 한국에 왔다는 사실에 그저 좋기만 했는데, 딱 동생 결혼식까지만 좋을 뿐이었다. 별걱정 없이 검진차 들른 산부인과에서 자궁 근종이 발견되어 갑작스럽게 수술을 하게 됐기 때문이다. 종양, 수술. 이 단어들만으로도 겁이 나서 진료실을 나오며 덜컥 울어 버렸다. 그제야 아랫배에 단단하게 만져지던 볼록한 것이 살이 아닌 종양이었다는 것을 알았고, 둔한 내가 바보 같기만 했다.

　근육 안에 있던 종양은 11cm 크기였고, 수혈을 두 번이나 받으며 다행히 수술은 무사히 끝났다. 그런데 퇴원을 한 후에도 왜인지 걸을 때마다 배에 통증이 가라앉지 않았다. 회복이 더딘 건가 싶었지만 수술했던 산부인과와 내과 두 곳을 더 다녀와도 원인을 알 수 없었다. 결국 호주로 출국하기 전날, 부랴부랴 소견서를 가지고 근처 대학 병원 응급실로 향했다. 또다시 외과와 산부인과 교수들의 검진을 받았고 나는 골반염이란 병명으로 그날 또 입원을 하게 됐다. 면역력이 많이 떨어지면 걸릴 수 있다는 설명과 함께. 그날은 나의 서른여섯 번째 생일이었다.

불과 몇 주 사이에 입원을 두 번이나 하고 보니, 이 모든 통증이 어쩌면 마음이 보낸 신호가 아닐까 하는 생각이 들었다. 나는 호주에 와서 꽤 오랫동안 우울했다. 한국 땅의 70배도 넘는 드넓은 호주지만 나는 그저 내가 발 디디고 서 있는 이 자리에 혼자 고립된 기분이었다. 읽는 걸 좋아하면서도 책 한 장 눈에 들어오지 않았고, 산책을 하러 나가기도 싫었다.

모든 게 풍요롭고 항상 분주하고 바쁘게 살아가던 한국 생활과 180도 다른 분위기의 한적하고 정적인 도시로 오니, 그 무료함과 적막함에 반대로 너무 숨이 막혔다. 아름다운 호주의 자연은 그저 바라보고 있는 순간 아름다울 뿐 나를 위로하지는 못했다.

무엇보다 마음을 나눌 사람이 없었다. "솔직히 나는 지금 호주에 온 게 너무 후회돼, 다시 한국으로 가고 싶어"라고 가족이나 친구들에게 하소연하는 건 너무 걱정을 끼치는 것 같았다. 호주에서 일하면서 알게 된 몇 안 되는 지인들은 모두 간절하게 영주권을 기다리거나, 정착한 지 오래된 사람들뿐이었다. 그럼 난 누구에게 내 마음을 얘기해야 할까? 그렇다고 일하면서 학교까지 다니는 남편한테 투정을 부릴 수도 없었다.

성급한 이민 결정에 대한 후회와 깊어만 가는 향수병, 새로운 인간관계에서 오는 스트레스, 언어 때문에 저 밑바닥으로 떨어진 자존감과 이 모든 걸 데리고 손님처럼 꼬박꼬박 찾아오는 우울이라는 감정.

이것들을 어떻게 대해야 할지 몰라서 처음에는 무시했다. 이러다 말겠지. 하지만 아무것도 소용없었다. 몸은 무기력해지고 부정적인 생각만 자꾸 맴돌아 잠만 자고 싶었다. 기분 전환을 위해 남편이 맛집도 데려가고, 바닷가로 드라이브도 갔지만, 다시 집으로 돌아와 현관문을 여는 순간, 달라지는 것은 없었다.

나도 내 마음을 어쩌지 못해 잠든 남편 몰래 혼자 새벽까지 울었다. 그럴 때면 차라리 몸이라도 심하게 아파 한국으로 돌아가 버렸으면 좋겠다는 마음이었다. 생각이 씨가 되었는지, 나는 정말 조금씩 아파 갔던 게 아닐까.

자궁에 있는 종양을 떼어 냈는데, 마음에 곪아 있던 그 오랜 감정들도 함께 떨어져 나간 것 같았다. 그리고 애들레이드에서 만난 친정 언니 같은 영이 언니와의 인연도 생기며, 일상이 조금씩 더 알록달록해졌다. 서로 맞은편 가게에서 일하던 영이 언니와는 오다가다 인사를 나눴을 뿐인데, 상냥하고 성격 좋은 언니의 "언제 밥 한번 같이 먹어요!"라는 말에 우린 한 태국 음식점에서 똠얌꿍을 먹고 있었고, 유명하다는 디저트 카페에 앉아 있었고, 같이 쇼핑을 하고 있었다.

초등학생 자녀 셋을 키우다 일을 시작한 지 얼마 되지 않았던 언니와, 종양을 떼어 내고 그만큼 몸과 마음이 가벼워졌던 나는 서로 금세 친해졌다. 각자 바빠서 한 달에 한 번 약속을 잡기도 쉽지 않았지만, 막상 만나면 몇 시간씩 이야기를 쏟아 냈다. 결혼 전 한국에서의 삶부터 호주에 와서 고군분투한 이야기, 각자의 고민과 속상함을 털어놓다 보면 해결은 되지 않아도, 속은 시원했다. 나만 우울했던 게 아니었고, 그런 내가 못난 것도 아니었다.

내 마음에 솔직해지며 그렇게 한 발, 한 발, 가끔은 그냥 서 있기도 하고 때로는 반걸음씩 걷다 보니, 끝나지 않을 것 같던 우울이라는 터널이 어느새 저만큼 뒤에 있었다. 온전한 내 마음으로 회복해 돌아오기까지, 4년이 넘게 걸렸던 이유는 그런 내 감정에 대해 누구에게도 솔직하게 말한 적이 없기 때문이다. 그리고 나도 이런 내가 처음이라 뭘 어떻게 해야 할지 몰랐다. 견딜 수 있다고 생각했는데 그러지 못하는 나 자신이 너무 약해 보여 싫었다.

어디서부터 어떻게 이 감정을 털어야 할지도 몰랐다. 꾹꾹 참고 지내는 법이 더 익숙했던 나는, 이야기해도 달라지는 건 없을 거라며 그저 나 자신에게 견디라고 강요만 하고 있었다. 눈치와 배려 사이에서 나는 내 진짜 감정을 숨기기만 했다. 마음이 아파서 몸까지 병들고 있었는데, 그것마저 외면하고 스스로를 위로하는 방법조차 모르는 서툰 사람이었다.

우연히 브레네 브라운 교수의 수치심과 취약성에 관한 넷플릭스 강의 〈브레네 브라운: 나를 바꾸는 용기〉를 보다가 그때의 내가 생각났다. 보통 자신의 취약성은 감추고 싶고 굳이 드러내지 않기 마련인데, 브라운 교수는 수치심, 슬픔, 결핍 등의 취약성은 나약함이 아니고 용감한 정도를 재는 가장 정확한 방법이라고 했다.

상처나 슬픔을 모르고는 사랑을 알 수 없다는 그녀의 말을 들으며, 내가 진하게 앓고 보낸 우울이라는 감정이 나를 더 강하게 만들 거라는 생각이 들었다.

다음 우울증이 예약된 건 아니지만, 되도록 다시 만나고 싶지 않지만, 그래도 언젠가 다시 이런 감정을 마주하게 된다면 그때는 내 옆에 있는 사람들에게 솔직하고 용기 있게 쏟아낼 수 있기를 바란다. 그리고 그런 내가 반드시 괜찮아질 거라는 것도 안다. 지금 생각하면 상담도 약도 없이 그 오랜 시간을 꿋꿋이 버틴 내가 참 기특할 뿐이다.

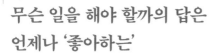

무슨 일을 해야 할까의 답은
언제나 '좋아하는'

좋아하고 하고 싶은 일들로 일상을 채우자,

전에 없던 에너지가 살아났다.

퇴근길에 남호주 주립 미술관에 들러 쿠사마 야요이의 전시를 보고 왔다. 전시장으로 들어가니 천장과 바닥을 비롯한 모든 벽면이 노란 배경에 검은색 도트 무늬로 칠해져 있었다. 작가의 호박 작품 패턴을 그대로 옮겨 놓은 것이었는데, 일단 들어가자마자 너무 어지러워서 잠시 서 있어야 했다. 전시장에서 구경 중이던 중년의 부부가 내 표정을 보더니 자기들도 그렇다며 격한 공감을 해 줬다. 전시장 한가운데에는 고개만 빼꼼히 넣어 안을 들여다볼 수 있는 큰 상자 같은 공간이 있었는데, 그 안에는 사방의 거울이 바닥에 있는 크고 작은 노란 호박들을 비추고 있었다. 한마디로 호박들이 끝도 없이 위아래 사방으로 퍼져 나가는 모습이었다. 다소 어지럽기도 했던 호박의 영혼들을 잔뜩 만나고 나오며, 호주에 오기 전, 한국의 서촌에서 처음 보았던 그녀의 전시가 생각났다. 한 미술관의 야외 전시장에서 볼 수 있었던 그 커다란 노란 호박을.

　내가 애들레이드에 와서 처음 가졌던 직업은 한 선물 가게의 직원이었다. 손님이 찾는 물건을 찾아 주고, 새로운 제품이 들어오면 디스플레이를 변경하고, 매장 청소와 계산 업무를 했다. 선물 가게였기 때문에 크게 어려운 일은 없었다.

　그다음에는 호주에서 흔히 볼 수 있는 핸드폰 액세서리 가게에서 일했다. 핸드폰 케이스를 비롯한 액세서리를 판매하고, 고장 난 핸드폰을 수리하는 일이었다. 핸드폰 수리라니, 내가 할 수 있을 거라고 생각하지 못했던 공대스러운 일을 나는 6년도 넘게 해냈다. 초밥 가게 서버 일도 하다가 지금은 카페에서 바리스타로 일하고 있다. 주문을 받고, 커피를 비롯한 음료를 만든다. 이렇게 다양한 일을 하면서 나는 내가 어떤 근무 환경을 더 좋아하는지 알게 됐다.

　동료들과 사무실에서 일할 때는 몰랐지만, 혼자보다는 다른 사람들과 함께 일하는 편을 선호한다는 것. 약간의 스몰토크와 농담을 하며 웃는 얼굴로 손님에게 주문을 받을 수도 있다. 하지만 손님으로 인해 기분이 상하면 금세 표정에 드러나고 마는 성격이라 서비스직에 잘 어울리지 않는 것 같다는 생각도 했다. 누구나 자신이 좋아하는 일을 원하는 환경에서만 할 수는 없겠지만, 내가 감당할 수 있는 일, 조금 더 일을 잘할 수 있는 환경은 찾아갈 수 있지 않을까. 스스로가 감당하기 어려운 일을 한다면 나의 능력은 둘째고 나의 일상까지 갉아먹힐 수 있다.

　한국에서 직장을 다닌 햇수보다 더 많은 시간을 호주에서 이런저런 일들을 하며 보냈다. 집 근처라는 이유만으로 이력서를 내고 한 번도 해 본 적 없는 일들을 시작했다. 한국에서 출판사 일을 하며 적성에 잘 맞다고 생각했는데, 호주에 와서 비슷한 일을 하기에는 현실적으로 어려웠다. 그러면서 내가 계속 고민했던 건 '지금 하는 일을 계속 해야 할까? 앞으로 무슨 일을 해야 할까?'였다. 이런저런 일들을 하며 답을 찾지 못하고 있었는데, 문득 일상을 가만히 돌아보니 답이 보이는 것 같았다. 나는 습관처럼 커피를 마시고 있었고, 내가 가 보고 싶었던 곳은 항상 새로 생긴 카페였고, 가장 좋아하는 시간은 카페에서 책을 읽는 순간이었다. 커피를 배우고 싶어서 버스를 갈아타고 멀리까지 가서 수업을 듣고, 유튜브로 매일 바리스타 영상을 보고 있는 나를 발견했다. 나는 결국 그 길로 나를 데리고 나왔다.

　해 보지 않았다면 몰랐을 만큼 생각보다 나는 카페 일에 푹 빠져 있다. 하지만 이 일에는 내가 감당해야 할 부분도 있다. 커피만 만들고 손님에게 내어 주는 것으로 끝이 아니다. 호주 사람들은 프랜차이즈보다 자신만의 단골 카페에서 바리스타와 이야기하고 교류하는 걸 좋아한다. 그러다 보니 손님들과 대화를 많이 하게 되는데 아직 부족한 내 영어 실력으로는 한계가 있다. 그리고 커피에 대한 전반적인 셀프 트레이닝도 더 필요하다고 느낀다. 마음 맞는 동료들과 함께 일할 수 있는 건 감사하지만, 카페의 리뷰 평점까지 생각해야 하는 나에게 서비스직은 조금 어렵게 느껴지기도 한다.

　'그럼에도 불구하고' 나는 이 일을 조금 더 오래 하고 싶다. 내 길이 하나인 줄만 알았는데, 다르게 생긴 여러 길을 걸어 보며 호주에서도 마침내 내가 좋아할 수 있는 일을 찾을 수 있었다.

서촌에 있던 쿠사마 야요이의 호박은 애들레이드로 오며 사이즈도 더 작아졌고, 달라진 전시장에 맞게 재기획됐다. 한국에 있던 그 커다란 호박이 그대로 호주에 전시되었다면 과연 전시장과 잘 어울렸을까? 나 역시도 호주라는 달라진 전시장에 맞게 나를 다시 큐레이션했다.

내 일상에 무엇을 어떻게 채울지 오랜 고민을 했지만 결국은 좋아하고 하고 싶은 일들로 일상을 채우자, 전에 없던 에너지가 살아났다. 좋아하는 일이 없을 수도 있고, 그저 적당히 할 만하고 할 수 있는 일이면 상관없는 사람들도 있다. 바로 내 옆의 남편처럼. 하지만 나는 '하고 싶고 좋아하는' 마음이 붙지 않으면 동기부여가 잘 안 되는 사람이라는 걸 알게 됐다. 그래서 이 까다롭지만 가장 중요한 '나'라는 관객을 만족시키기 위해 나는 오랫동안 고민했다. 참 다행히도 나를 위한 나만의 전시는 아직 매우 성공적인 듯하다.

잔 위에 봉긋 올라온 카푸치노 거품에 라테 아트가 예쁘게 잘 나왔다. 커피가 정말 맛있었다는 손님의 한마디에 나는 그날의 보상을 다 받은 기분이었다. 그렇게 싹 비워진 커피 잔을 볼 때마다 전에 없던 하루의 뿌듯함이 일렁인다.

다른 달팽이들은 신경 쓰지 말고

사람들은 각자 자기 속도로 달린다.

코로나로 닫혀 있던 하늘길이 열리고 얼마 후, 갑작스러운 가족의 병환으로 급하게 한국에 다녀오게 되었다. 입국자 PCR 검사와 격리는 없었지만, 손등 온도 체크를 하고, 많이 바뀐 입국 절차가 어색했다. 그보다 더 당황스러운 일이 있었는데, 자동 출입국 심사대에서 얼굴 인식이 번번이 실패하는 것이었다. 이른 새벽 비행기라 화장을 안 한 탓인지, 아니면 내 눈에는 똑같은데 컴퓨터가 6년 전에 찍은 증명사진과 얼굴이 다르다고 인식하는 건지 웃기면서도 민망한 일이었다. 잘만 통과한 남편이 "눈을 좀 크게 떠 봐"라며 팁인지 농담인지 말을 건넸지만 당연히 소용없었다. 한국에 입국할 때도, 호주에 귀국할 때도 얼굴 인식이 안 돼서 결국 공항 직원에게 여권을 보여주며 본인 증명을 했다. 여권 사진과 달리 정말 안 그린 눈썹 때문인가 하며 웃으며 넘겼지만, 성형을 한 것도 아닌데 얼굴

판독이 안 될 만큼 나이가 든 건가 싶어 쓸쓸했다. 아무리 그 래도 뭐 얼마나 변했다고……

외모가 조금씩 변했을지는 몰라도, 나의 30대는 온전히 나를 발견해 가는 시간이었다. 불안한 미래에 10대 때만큼이나 마음은 혼란스러웠다. 익숙한 것들에서 벗어나 낯선 세상에 나를 맞춰 가는 시간은 대학생이 되고 사회생활을 처음 하던 20대 때만큼이나 서툴고 때론 좌절됐다.

호주에서 다녔던 직업 기술 학교의 마지막 수업 날, 선생님이 시간을 되돌려 다시 하고 싶은 일이 무엇인지 학생들에게 물었다. 나와 비슷하게 결혼 후 남편과 함께 호주에 온 한 인도인 학생은 "학교를 다 마친 후에 결혼하고 싶다"라고 말했다. 대학교 졸업 전에 남편의 바람으로 함께 호주에 온 게 아쉽다고 했다. 그 대답에 선생님은,

"나는 모든 일이 벌어진 데는 이유가 있을 거라고 생각해. 만약에 그때 학교를 계속 다녔다면 너는 지금 여기에 없었을 수도 있어."

"모든 일에는 다 이유가 있다"라는 말. 삶의 모든 희생과 슬픔까지 다 어루만질 수는 없겠지만, 이미 벌어진 일의 무게를 애써 줄이고, 내가 한 선택을 후회하지 않으려고 주문처럼 읊조리던 말이다. 하지만 언젠가부터는 그 말을 떠올리지 않았다. 굳이 '이유가 꼭 있을까'라는 생각이 들어서였다. 갑자기 쏟아지는 소나기에 모든 이유를 갖다 붙이기에는 너무 능력 밖인 일이니까. 하지만 마흔을 앞에 두고 30대의 10년이라는 시간을 이렇게 묶어 놓고 보니, 그래도 의미 없는 시간이 없었다는 말로 퉁쳐진다.

30대를 보내며 나는 조금 더 나에게 가까워졌다. 테두리가 잘 맞는 마음의 퍼즐을 제자리에 끼운 것 같다. 내가 원하고 바라는 것, 인생에서 그만 정리하고 싶은 것, 내게 소중한 것들을 더 담고, 덜어 내는 일이 잘되어 갔다. 이 상투적인 고백이 이토록 진심일 수가 없다. "다시 그때로 돌아간다 해도 호주로 이민 갈 거야?"라고 물어본다면 다른 30대도 살아 보고 싶기에 "아니"라고 말하고 싶다. 하지만 인생에서 한 번쯤 겪어야 할 필요한 수업을 했냐고 묻는다면 나는 "yes"라고 말하겠다. 그 시간의 경험이 지금의 나를 키워 주었기 때문이다.

몸으로 부딪치며 얻은 경험들로 선택에 대한 불안은 확신으로 변했고, 내 안의 씨앗도 그만큼 조금 더 자랐다. 30대쯤이면 떡잎은 진즉에 떨어지고 완전한 어른이 돼 있을 줄 알았는데, 인생의 키는 생각보다 쑥쑥 자라지 않았다.

150여 마리가 출전한 영국의 달팽이 경주에서 한 남자는 자신의 달팽이에게 이렇게 말한다.

"침착해. 네가 가야 할 곳에만 집중해야 해. 다른 달팽이들은 신경 쓰지 말고."

한없이 느린 달팽이들이 경주를 한다는 게 생각만 해도 귀엽고 재밌는데, 달팽이 경주의 신기함보다 인상적이었던 건 이 남자의 응원이었다. 인생 고민을 하는 우리 모두에게 건네는 말처럼 들렸다.

사람들은 각자 자기 속도로 달린다. 하지만 살다 보면 '나의 속도'를 잊어버리고 힘들어도 '남들만큼' 달리고 싶어진다. 나 역시 한국에서도 호주에서도 '내 속도'의 기준이 '남들의 속도'가 되기 일쑤였다. 하지만 달리고 있는 도로 위에서 경쟁 운전을 하면 사고가 날 뿐이듯, 내 속도를 유지하는 게 가장 안전하게 오래갈 방법이었다. 내가 가고자 하는 목적지만 생각하며, 졸리면 잠시 차를 대고 잠을 깨우기도 하고, 휴게소에 들러 맛있는 소떡소떡도 먹고 하면서.

나는 좀 느린 사람이었다. 사춘기가 한창 공부할 고3 때 왔고, 재수를 했지만 그렇게 들어간 학교에 마음 붙이지 못해 결국 다른 학교, 다른 학과를 선택했다. 친구들은 하나둘 삶의 해답을 찾고 정착을 해 나가는 것 같은데, 나는 서른둘에 또다시 새로운 도전을 하겠다고 나섰다. 내 삶은 왜 이렇게 남들보다 몇 발짝씩 느린지 조바심을 내기도 했다.

그래서 달팽이 주인의 말에 응원을 받았다. 그리고 이내 깨달았다. 속도는 이미 방향을 포함한다는 사실을. 내 삶의 속도가 때로 마이너스도 되고, 0이기도 하고, 플러스 값이 될 수도 있지만, 반드시 방향의 변화를 전제해야 한다.

조금 느려도, 원하는 방향을 찾았다면 결국 속도는 내가 마음먹은 대로 낼 수 있지 않을까. 다른 달팽이들이 어떻게, 얼마나 빨리 달리는지는 신경 쓰지 말고.

처진 달팽이도 노래하지 않았던가, 말하는 대로 마음먹은 대로 생각한 대로 할 수 있다는 걸. 마흔쯤 되니 알 것도 같다.

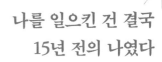

나를 일으킨 건 결국
15년 전의 나였다

'오늘'은 할 일을 하나씩 쳐내는 하루가 아니라,

'성의 있게 보내야 할 시간'이 됐다.

○

　이민을 와서 내가 할 수 있는 일은 많지 않았다. 한국의 대학 졸업장과 직장 경력은 없는 거나 다름없었다. 현실에 맞춰 이런저런 일은 하고 있었지만, 내 껍데기 저 안쪽 어딘가는 텅 빈 느낌이었다. 아침과 함께 몰려오는 하루를 그저 담담하고 근면 성실하게 쳐내며 살고 있는 기분이랄까. 사는 게 다 그런 거 아니겠냐며 긍정도 부정도 하지 않았지만, 마음이 허전했고 채우고 싶었다.

> "항상 극적인 순간만이 삶을 변화시키는 것도 아니며 삶에 있어 새로운 빛은 조용히 찾아온다."
>
> _영화 〈리스본행 야간열차〉

　책상을 정리하다 지난해 한국 친정집에서 가져온 오래된

일기장을 발견했다. 가져와서 책상 서랍에 보관하고만 있었는데, 어쩐지 그날은 제대로 자리 잡고 앉아서 크기도 디자인도 각양각색인 노트들을 끄집어내 읽기 시작했다. 까마득한 20대 언저리의 나는 오래된 페이지 안에서 갈팡질팡 방황하며 살고 있었다. 재수를 결심하고도 어중간하게 노력하고 있는 나를 자책하고, 현재보다 불확실한 미래를 걱정했다. 등록금을 벌려고 대학 병원 의국 비서로, 초·중·고 수학 선생으로 일하면서 학업과 알바 두 마리 토끼를 다 잡으려 애쓰고 있었다.

일기를 읽다 보니 흑백 영화에 컬러를 입힌 것만 같이, 흐릿했던 그때의 내가 선명하게 살아났다. 시간 여행자라도 된 듯, 30대의 내가 20대의 나를 오롯이 마주했다. 지금보다 더 어리고 여렸을 때니 더 힘들었을 텐데, 씩씩하게 파이팅 다짐을 매일같이 쓰며 스스로를 다잡으려는 노력이 안쓰러우면서도 대견하기도 했다.

오래된 일기를 다 읽고 한동안 멍하게 있었다. 지나 버린 시간만큼 스스로 많이 변하고 성장했다고 생각했는데, 지금의 나는 그때의 고민 많은 젊음이 그대로 나이만 먹은 버전일 뿐이었다. 그때나 지금이나 남을 의식하고, 하고 싶은 일 앞에서 걱정과 함께 자신을 의심부터 하고, 원하는 일은 미뤄 두기만 하던 나였다. 더 이상 이렇게 시간을 허비할 순 없었다. 5년 뒤, 10년 뒤의 내가 같은 모습이길 바라지 않으니까.

그렇게 조금은 우울하고 무기력하게 지내던 시간을 털고 일어날 수 있게 만든 건 결국 15년, 20년 전의 나였다. 지금 가진 그 어떤 열쇠로도 열리지 않던 마음속 '의지'라는 상자가 덜컥 열려 버린 것만 같았다. 가슴이 콩닥거리는 일에 머뭇거리지 않겠다는 용기와 열정에 불이 붙었다.

가장 먼저 든 생각은 출판을 위한 글을 써 보자는 거였다. 블로그에 간단히 남기는 일과나 리뷰 말고, '작가'라는 10대 때부터 가지고 있던 평생의 꿈에 닿을 수 있을 만한 이야기를 쓰고 싶었다.

버킷 리스트를 만들고 하나씩 지워 나가야 할 순간이 된 것 같았다. 마음먹고 둘러보니 목표에 다가갈 방법은 생각보다 쉽게 찾을 수 있었고, 고민 없이 한 이웃 블로거가 진행하는 온라인 글쓰기 모임에 가입했다. 호주의 퍼스, 애들레이드, 태즈메이니아, 서울, 뉴욕 등 전 세계에 살고 있는 11명의 사람들이 하루에 한 편씩 글을 쓰고, 서로의 글과 사진들을 공유하며 따뜻한 마음도 나눴다. 매일매일 쓰겠다고 모인 사람들이 서로 손을 잡아 주고 응원하며 자신의 바다를 각자 건넜다. 달리기를 시작했다는 분의 글을 읽으며 함께 달리는 분도 생겼고, 기쁜 일은 함께 축하해 주고, 취업과 퇴사 고민을 함께 나누며 격려했다. 고등학교 졸업 후 약 20년 만에 가입한 한 달짜리 온라인 동아리를 통해 학창 시절로 돌아간 기분이었다. 점심시간에 모여 책 이야기를 하던, 야자 시간에 수학 문제 대신 소설책을 붙잡고 있던, 글쓰기를 좋아하던 감성 가득한 고등학생으로.

사소하게 시작한 글쓰기는 브런치 북 도전이라는 다음 발판을 디딜 용기를 주었고, 하겠다는 의지가 우주를 끌어당긴 건지 우연히 도서 번역 일도 하게 됐다. 마침내 지금 이렇게 꿈같은 글도 쓰고 있으니, 지금의 이 순간은 과거의 내가 정신 차리고 살라며 보낸 시그널인 듯싶다. 내가 허전해하던 삶의 무언가는 결국 '꿈'의 부재였다. 다시 꿈을 꺼내고 그 여정에 조금씩 다가갈 용기를 갖게 되면서, '오늘'은 할 일을 하나씩 쳐내는 하루가 아니라, '성의 있게 보내야 할 시간'이 됐다. 그렇게 쌓아 가는 과정이 곧 결과라는 걸 인식하게 됐다.

또 10년이 지나 지금을 다시 읽게 된다면 어떨까? 뭔가를 이뤘을지 장담할 수는 없지만, 적어도 조금은 변한 삶을 살고 있으면 좋겠다. 40대의 어느 날, 다시 어떤 힘든 일 앞에 좌절하고 있을 때, 30대의 내가 그랬던 것처럼 열심히 살아 낸 지금의 내 모습을 보고 다시 일어나지 않을까. 지금의 내가, 미래의 나에게 용기를 전하는 마음으로 오늘도 일기를 쓴다.

다시　꿈을　꺼내고
그　여정에　조금씩　다
가갈　용기를　갖게　되
면서,　'오늘'은　할
일을　하나씩　쳐내는
하루가　아니라,　'성의
있게　보내야　할　시간'
이　됐다.　그렇게　쌓아
가는　과정이　곧　결과
라는　걸　인식하게　됐
다.

Part 2

나를 믿고

일상의 중심을 잡는 연습

나는 꽤나 승진이 하고 싶었다

이제는 남들에게 보이는 직함의 승진보다,
퇴근 후에 갖는 오롯이 나를 위한 시간이
더 나답다는 생각을 한다.

출판사에 다니던 시절, 홍대의 분위기 좋은 한 카페에서 신간 에세이의 북 콘서트를 하던 날이었다. 감성 짙은 글과 사진으로 두터운 팬층을 가진 인기 작가의 신간이었다. 화기애애했던 작가와의 만남과 인디 밴드의 멋진 공연까지 너무나 완벽했던 아름다운 시간이었다. 출판 행사를 진행할 때마다 잘 마무리되기를 바라는 마음에 긴장도 됐지만, 한편으로는 매번 설렜다. 학생 때 종종 관객으로 참여하던 이벤트들을 이제는 내가 직접 기획하고 만들어 가고 있다는 생각에, 꿈을 이룬 것 같고 감동스러웠다.

즐겁게 2시간여의 북 콘서트를 마무리하고 지하철역으로 걸어가며 확인한 회사 공지. 나는 그날 대리로 승진했다. 더할 나위 없이 완벽한 금요일 밤이었다. 좋아하는 일을 하며 인정도

받고, 이제 직급도 생기고 나니 뭔가 내 삶이 레벨 업된 기분이었다. 다른 일은 생각해 본 적도 없었기에 나는 앞으로 계속 승진해서, 멋진 드림 팀을 이끌 수 있는 능력 있는 팀장이 되고 싶었다. 경력과 직급을 통해 이만큼 내 인생에 성과를 내고 있다고 증명하는 기분이었다. 그 시절 나는 꽤나 승진이 하고 싶었다.

하지만 나는 결혼과 함께 대리 2년 차에 호주로 왔다. 정장을 입고 사무실 책상 앞에서 일하다가, 하루 종일 서서 몸으로 일하려니 체력은 금세 바닥이 났다. 언어적, 문화적, 직업적 회의감이 깊게 몰려올 때면 자연히 출판사에서 근무하던 때가 생각났고, 마음 같아서는 호주에서 하는 일 정도는 미련 없이 때려치우고 짐을 싸고 싶었다. 혼자 온 거라면 바로 귀국행 비행기에 올랐겠지만, 나에게는 딸린 남편이 있었고, 어쨌거나 혼자 결정할 수 있는 건 아니었다.

한국에서 나는 일주일 내내 일 생각을 했다. 미용실에 머리를 하러 가서도 담당 헤어 드레서에게 신간 홍보를 했고, 방송에 자사 책이 나오기라도 하면 바로 SNS에 홍보했다. 퇴근후에도 서점에 들러 도서 진열을 확인하고, 타사에서 나온 책도 구경했다. 업무 지시도 아니었는데 좋아하는 일이었기에 얼마든지 내 시간을 할애했다. 하지만, 지금 생각해 보면 나는 그 일을 얼마나 순수하게 즐겼던 걸까.

얼마 전 오래된 메일함을 정리하다가 출판사에서 일했던 5년 동안 선후배들과 나누었던 업무적, 사적 메일들을 읽게 됐다. 보통 사내 메일을 주로 썼지만 종종 예외도 있었다. 그리고 한국에서 더없이 즐기면서 일했다고 생각했던 시간 속에서 내가 얼마나 성과를 위해 고민하고 동동거리며 지냈는지를 발견했다. 지나고 나면 아름다운 것만 기억난다고, 출근길에 얼마나 지쳐 있었는지, 상사가 비교하는 말에 얼마나 상처받았는지, 동료가 받은 부당한 대우에도 묵묵히 내 자리만 지켰던 것이 생각났다. 나는 지금의 현실로부터 도피하고자 과거의 즐거웠던 때만을 추억하고 있었다.

호주에서 일하던 매장이 2호점을 내면서 한동안 매니저로 일한 적이 있다. 하지만 마냥 좋지는 않았고 책임과 함께 스트레스도 커졌다. 한국에서는 그렇게 갖고 싶던 직급이 호주에 와서는 돈을 더 줘도 별로 내키지 않는 자리가 됐다. 당장의 승진과 돈보다 스트레스가 덜한 게 우선이 되어 갔고, 근무 시간과 그 이외의 시간을 자연스럽게 분리해 가기 시작했다. 일이 더 이상 내 일상에 파고들지 않게 해야겠다고.

내가 지금 하는 일이 마음에 들든, 마음에 들지 않든 단지 내 인생 어느 시점에 잠시 입고 있다가 갈아입을 옷일 뿐이다. 좋은 게 항상 좋지 않고, 힘든 일이 언제까지 어렵기만 한 것도 아니다. 중요한 건, 내가 입은 옷보다 '나'라는 본질을 내가 제대로 보는 일이었다. 남들이 멋지다고 말하는 비싼 정장을 입었든, 무릎 늘어난 저렴한 레깅스를 입고 일하든 그깟 옷쯤이 무슨 대수랴. 어떤 옷을 입었을 때 진짜 나답고 편한지를 스스로 알고 있다면.

퇴근 후, 밖에서 입었던 옷과 함께 매장 판매 직원으로서의 나도 한쪽에 잘 접어 두고, 편안한 파자마로 갈아입었다. 어제 읽다 만 장강명 작가의《책, 이게 뭐라고》를 마저 읽고 나서 오랜만에 유튜브 콘텐츠 계획도 해 볼 예정이다. 이제는 남들에게 보이는 직함의 승진보다, 퇴근 후에 갖는 오롯이 나를 위한 시간이 더 나답다는 생각을 한다.

스몰 토크, 스몰 월드

살다 보면 가끔 '우연'이 '운명'처럼

느껴지는 순간들이 있다.

◯

　처음 본 손님이었다. 적어도 내가 근무하는 날에는 만난 기억이 없는, 남미 출신으로 보이는 60대 아저씨였다. 내가 모든 손님을 기억할 수는 없지만, 일하다 보면 다시 오는 손님은 신기하게 머리에 저장이 된다. 손님은 매니저를 찾았지만, 그날은 나 혼자 핸드폰 가게에서 일하는 날이었다. 내게 제품 문의를 하고 나서, 그냥 돌아가기 아쉬우셨는지 잠시 이런저런 스몰토크를 하게 됐다. 마침 다른 손님도 없어서 자연스럽게 날씨와 코로나에 대해 얘기하게 됐는데, 대화를 좋아하는 아저씨의 말에 이끌려 점점 미디엄(?) 토크가 되고 있었다. 아저씨는 자신의 사업까지 이야기하며 처음 보는 나와 10분도 넘게 대화했다. 그러다 아저씨가 애들레이드에서 40여 년 경력을 가진 디저트 회사 사장님이라는 걸 알게 되었을 때, 나는 주저없이 물었다.

"내 남편이 페이스트리 셰프인데 이번에 코로나 때문에 직장을 잃었어. 혹시 직원을 구하고 있다면 남편 이력서를 한번 보내도 될까? ○○ 호텔에서 페이스트리 셰프로 5년 일한 경력이 있어. 지금 자리가 없더라도 나중에 사람 필요할 때 한번 검토해 줘."

남편이 오래 일하던 호텔에서 나와 이직을 하려고 했을 때, 호주에서도 코로나가 급확산되었다. 정부의 영업 규제가 발표되고 수많은 사업장이 영향을 받아 문을 닫거나 영업시간을 조정해야 했다. 모든 호텔이 언제 다시 오픈할 수 있는지도 모른 채 문을 닫았고, 많은 사람들이 실직자가 됐다. 남편도 셰프라는 직업상 영향을 크게 받았다. 코로나 상황이 조금씩 나아지기는 했지만, 이직이 예정되었던 곳 역시 문을 못 여는 상황이라 출근만 계속 연기되고 있었다.

다행히 내가 일하는 곳은 규제 영향이 없어 계속 일을 할 수 있었다. 그렇게 5개월이 지나 어느 날 이 손님을 만났고, 자연스럽게 남편의 이야기를 하게 됐다. 아저씨는 본인의 이름을 알려 주며 이력서를 보내라고 흔쾌히 내게 명함을 건네주었다.

명함을 보니 레스토랑이나 카페의 디저트 진열장에서 자주 보던 익숙한 회사였다. 며칠 후, 남편은 잘 다듬어진 이력서를 보냈고 인터뷰까지 보게 됐다. 이튿날 트라이얼을 거친 후, 아저씨와 내가 이야기를 나눈 지 약 2주 만에, 남편은 그렇게 새 직장을 구했다.

우연이었을까, 운명이었을까. 10분 정도의 짧은 만남이었다. 처음 보는 손님과 나눈 스몰토크가 남편의 취업까지 이어질 줄이야 누가 알았을까. 만약 그날 내가 아니라 매니저가 일했다면, 아저씨가 본인의 회사에서 30분이나 떨어진 그 가게로 핸드폰을 고치러 오지 않았다면, 내가 그 손님에게 남편의 이야기를 꺼내지 않았다면, 평소와 다름없는 날들이 이어졌을 것이다.

"Who knows? It's a small world!"

그날, 명함을 건네주며 아저씨가 한 말이다. 살다 보면 가끔 '우연'이 '운명'처럼 느껴지는 순간들이 있다. 운명은 훗날의 결과를 통해 "그럴 운명이었어"라고 비로소 이름 짓게 되기에 결코 미리 알 수가 없다. 나 역시 직장 동료의 소개로 지금의 남편을 만났을 때, 그와 결혼하고 호주에까지 오게 될 줄을 그때는 전혀 몰랐으니까.

하지만, 돌아보면 눈에 띄지 않는 우연이 마침내 운명이었다고 여기게 되는 때는 평소와 다른 '용기'가 필요한 순간들이었다.

남편이 취직한 후, 나는 그날 그 손님을 만난 것에 대해 "운이 참 좋았다"라고 말했다. 남편은 단지 '운'이 아니고, "내가 용기를 냈기 때문"이라고 했다. 어떻게 이력서 얘기를 꺼낼 생각을 했느냐고 놀라워했지만 나에게는 전혀 어렵지 않은 일이었다. 그리고 큰 용기만이 꼭 대단한 건 아니라는 생각이 들었다. 고소공포증이 있는 사람이 흔들리는 다리를 건너는 것만이 용기가 아니고, 모르는 사람에게 길을 묻는 것도 용기임은 분명하니까. 나는 하지 않을 수도 있는 이야기를 꺼냈고, 그로써 훗날의 기회를 꽉 잡았다. 물론, 남편까지 준비가 잘되어 있었기에 그 결과가 성공적이었다고 생각한다.

매일 우리가 해야 하는 사소한 선택들은 분명 크고 작은 용기로부터 비롯된다. 마치 발을 내딛고 걷는 것처럼 자연스러워 보일지라도 그 선택의 용기로 어제와 다른 오늘이 만들어질 수도 있다. 그리고 마침내 극적인 '운명'이 되기도 한다. 살아가면서 결정적인 선택을 해야만 할 때, 양쪽의 결과를 모두 알 수 있다면 얼마나 편하고 안심일까. 하지만 그럴 수 없기에 매 순간 우리에게는 용기가 필요하다.

어떤 시간이 와도
받아칠 수 있는 체력

'오늘도 했음'.

○

겨울이라 아직 해도 뜨지 않은 오전 6시 45분. 깜깜한 바닥에 핸드폰 플래시를 켜고 대문을 나서는데, 어느 날부턴가 동네를 뛰고 있는 한 어린이를 마주쳤다. 저 반대쪽 길 끝에서 뛰어온 것 같은데, 우리 집 근처까지 왔다가 뒤돌아서는 다시 왔던 길로 뛰어갔다. 딱 봐도 초등학생이었다. 이후로 카페 오픈 근무가 있는 날에는 어김없이 같은 시간에 항상 그 소년을 마주쳤다.

계절이 한 번 바뀌어 깜깜했던 하늘이 조금 푸르스름해졌을 때, 아담했던 아이의 키가 어느새 나보다도 훌쩍 자라 있었다. 그 어린이는 어떤 마음으로 그 이른 새벽부터 달린 걸까.

8시간이 넘게 뛰어다니며 일하고도 퇴근 후에 헬스장에 가는 내 동료들은 어떻게 지치지도 않고 또 운동을 할 수 있는 걸까. 운동에너지가 1도 없는 나도 초등학생 때는 달리기 선수

였는데(너무 멀리 갔나……), 지금은 왜 이 모양인 걸까.

체력이 중요한 건 알고 있지만, 운동 의지박약인 내게 운동은 항상 맨 나중으로 밀리고 밀린다. 밀려나다 못해 내일도, 모래도, 그 이튿날도 안 하고 한 달을 미루기 일쑤였다. 그래도 그럭저럭 지낼 만은 했고, 또 그렇다고 해서 그동안 내가 아무런 노력도 하지 않았던 것은 아니다. 운동 기록표를 만들어 매일 얼마나 운동을 했는지 기록하고, 유튜브로 홈트 영상들도 보며 따라 하곤 했다. 하지만 2주일을 넘기기가 어려웠다. 그리고 어느 순간, 이러다간 정말 곧 큰일 나겠다 싶은 순간들이 문득 찾아오기 시작했다.

주말에 남편과 3일간 멜버른에 여행을 간 적이 있다. 오랜만에 간 휴가의 마지막 날, 내 몸은 난리가 났다. 머리가 깨질 듯이 아프고, 앉을 자리가 있으나 없으나 몸을 가누지 못하고 주저앉기만 했다. 체한 것같이 울렁거려 공항버스를 타고 가는 내내 한 손에 봉투를 쥐고 있었고, 멜버른 공항에서는 화장실을 몇 번이나 갔는지 모른다. 진통제를 먹으면 몸은 더욱 땅으로 꺼지는 것 같았고, 식은땀과 오한이 났다. 집에 돌아와서 죽도, 약도 먹지 못하고 이튿날까지 마냥 누워만 있어야 했다. 코로나도 아니었고 무엇 때문이었는지 원인을 결코 알 수 없었지만, 아마 또 약한 면역력 때문이 아니었을까. 몇 주간 투잡을 하며 주 7일로 평소보다 오래 일했더니, 안 그래도 저질 체력인 내 몸이 결국 파업 선언을 했던 게 아니었을까 싶다.

　한국에서나 호주에서나 나는 면역력이 약하다는 말을 자주 들어 왔다. 하지만 그렇다고 크게 힘든 적은 없었기에, 마치 "스트레스 때문입니다"라는 말을 듣는 것처럼 그저 쉬면 좋아지는 것으로 안이하게 생각했다. 그러던 어느 날, 퇴근하고 버스 정류장까지 걸어가는데 걷는 것 자체가 너무 힘이 들었다. 허리에 손을 올리고 구부정한 자세로 평소보다 눈에 띄게 천천히 걸어야 했다.

　GP(일반의, 호주에서는 몸이 아프면 전체적인 진료를 보는 GP를 만나 검진을 받는다)를 만나 피 검사를 받았고 헤모글로빈과 백혈구 수치가 이렇게 낮으면, 잘못하면 큰일이 날 수 있다는 이야기를 듣고서야 각성하게 됐다. 가끔 어지러운 것도, 피곤한 것도 그저 일을 많이 해서라고만 생각했었는데, 그게 전부는 아니었다. 철분 주사를 맞고 며칠이 지나자 활기가 그렇게 달라질 수가 없었다. 아침 기상부터 몸이 너무 가뿐했고, 일하는 내내 기분까지 좋았다. 젊음의 에너지로만 버틸 수 있는 단계는 한참 지났는데, 건강 좀 챙기라고 몸이 이렇게나 격하게 울부짖고 있었는데, 그동안 내 몸을 너무 외면하고 있었음을 반성했다.

그래서 일단 시작했다. 글쓰기 연습을 위해 매일 한 페이지씩 쓰려고 사 두었던 A4 사이즈의 컴포지션 노트를 펴고, 왼쪽에 있는 빨간 세로줄 옆에 체크 박스를 세 개 만들었다.

☐ 글쓰기 (아무 주제로나 한 페이지 쓰기)

☐ 운동 (어떤 운동을 하든 '해냈음'이 포인트)

☐ 영어 (책을 읽든, 미드를 보든, 일상 표현 하나를 외우든 상관없다)

그리고 매일 저녁을 먹고 나면, 커피 한 잔을 타서 책상에 앉는다. 날짜를 쓰고 한 페이지 글을 쓴다. 운동과 영어 공부도 매일 하고 싶어서 체크 박스를 만들었지만, 구체적으로 몇 분을 할지, 어떻게 할지는 적지 않았다. 많은 자기계발서에서 습관을 만들기 위해서는 구체적인 상황과 시간을 정하는 게 좋다고 말했지만 나는 반대로 했다. 몸을 움직여 운동하는 것에 대한 진입 장벽이 정말 높은 내가 유튜브를 켜서 10분, 30분 홈트를 따라 한다거나, 버스를 타고서야 갈 수 있는 헬스장에서 운동을 한다는 건 결코 쉽지 않음을 많은 실패 속에 깨달았기 때문이다.

그래서 무엇을 하든, 해내는 날들을 쌓아 가는 걸 목표로 삼았다. 저녁 식사 후 15분 산책을 하거나, 스쿼트 20개를 하고 노트를 덮기 전, 빨간 펜으로 체크 박스에 완료 표시를 했다. '오늘도 했음'. 일단 100일만 해 보자는 마음으로 가볍게 시작한 내 인생 첫 리추얼이었다. 3주쯤 하자 뿌듯함과 함께 습관이 됐다는 생각이 들었고, 자연스럽게 바닥에 매트를 깔고 플랭크도 시작할 수 있었다. 스쿼트를 계속하게 되자, 다른 하나를 더 시도하는 건 훨씬 쉬웠다. 하지만 곧 연말이라서, 새해라서, 이런저런 이유로 빈틈이 생기기 시작했다. 그래도 예전처럼 쉽게 싹둑 포기하지는 않았다. 내게 일말의 싹이 보였기 때문이다. 장을 보고 나서 묵직한 장바구니를 한 아름 안고 2층 계단을 올라가는데, 뒤에서 더 무거운 장바구니들을 양쪽 어깨에 메고 따라오던 남편이 하는 말.

"여보, 이제 안 힘들어하네?"

"어? 어! 그러네?"

1층과 2층 사이, 그 15개의 계단을 맨몸으로 올라오고 나서도 방금 달리기를 하고 온 사람처럼 헉헉대던 나였다. 그런데, 무거운 짐을 들고서도 숨 하나 안 차고 거뜬히 올라오다니! 기적 같은 일이었다. 그러니 운동 습관에 잠시 빈틈이 생겼다 한들, 다시 하고자 하는 의지가 생길 수밖에 없었다. 그 이후부터는 저녁 식사 후가 아니라 생각날 때마다 스쿼트를 했다. 출근 준비를 좀 일찍 마쳤을 때나, 저녁에 김치찌개 끓이면서 짬짬이. 이제는 서른 개쯤은 거뜬히 하고 있다.

내가 이루고 싶은 삶, 내가 진짜 하고 싶은 일을 위해서는 가장 밑바닥에 무엇보다 두껍고 든든한 체력이 있어야 한다는 것을 실감한다. 그뿐만 아니라, 언제 어떻게 찾아올지 모를 견뎌 보내야 할 시련이 닥쳤을 때도 체력은 나를 버티게 할 테니, 그 어떤 시간을 마주하더라도 원하는 만큼 받아칠 수 있기를 바라며, 오늘도 운동 완료!

스트레스 리셋 버튼이 있다면

스트레스에서 벗어나고 싶고,

바꾸려 노력하는 순간들이 모여

다른 일을 할 기회가 됐다.

출근 준비를 하며 책상 위에 놓인 인생 일력을 넘겼다.

"모든 발자국 가운데 코끼리의 발자국이 최고이고
마음을 다스리는 명상 가운데 죽음에 대한 명상이 최상이
노라."

_대반열반경

'죽음'이라는 단어 앞에 시선이 머물자 바로 수긍할 수밖에 없었다. 스트레스로 머리가 무거운 채로 잠에 들고 일어난 아침이었다. 알람을 끄듯 마음에도 스트레스 리셋 버튼이 있다면 얼마나 좋을까 종종 생각한다. 혹은 하루에 내가 받을 수 있는 스트레스의 총량이 이미 채워지면, 버튼을 누름과 동시에 스트레스 제로가 되며 마음이 비워지는 것도 좋겠다. 그

러면 현대인이 가진 만병의 근원도 사라지겠지.

스트레스로 말할 것 같으면, 나에겐 아직도 이를 잘 다룰 만한 아무런 재주가 없다. 내 인생의 동반자이자 애증의 반쪽, 스트레스. 근무 시간이 끝나면 그곳에서 받은 스트레스도 함께 두고 나오고 싶은데, 내 뒤를 졸졸졸 따라 기어코 우리 집까지 따라온다. 원하지 않는 만남을 애써 때우고 돌아오는 길, 방전된 마음에 스트레스가 또 한 겹 쌓인다. 스트레스는 공기 속에 사는지 피해 다닐 수도, 숨어 있을 수도 없다. 심지어 집에서 쉬고만 있어도, 먼지 쌓이듯 작은 스트레스가 쌓인다.

호주에 와서 카페 일을 하다 보니, 한국에서처럼 사무실에 앉아 거래처와 통화하고, 기획이나 회의를 해야 할 일은 없다. 그래서 상대적으로 일과 사생활은 분리된 편이다. 퇴근하고 나서도 끊임없이 아이디어를 내 보고자 애쓸 일은 없지만, 일하는 8시간 동안 나는 손님과 마주 보고 서 있다. 주문을 받고 커피를 만들고 서비스를 하면서 하루 종일 말한다.

"커피 두 잔이랑 스낵 하나 주세요."
"어떤 커피로 드릴까요?"

"음…… 롱블랙 두 잔이요."

"사이즈는 미디엄이랑 라지 중에 어떤 걸로 하시겠어요?"

"라지요."

"그리고 저희는 스낵 메뉴가 없는데, 어떤 걸로 드릴까요? 메뉴 한번 보시겠어요?"

"옆 테이블에 치킨 윙 먹고 있던데……."

"죄송하지만 그건 옆 가게 메뉴이고요, 대신 저희는 미니 버거가 있어요."

"그럼 그냥 커피만 할게요."

"네, 그럼 주문 확인하겠습니다. 따뜻한 라지 롱블랙 두 잔, 맞으세요?"

"아이스로 주세요."

가끔 나는 카운터에 서서 손님과 스무고개를 한다. 그저 안내가 필요할 뿐, 손님에게 안내만 하면 되는 이 정도는 스트레스도 아니다. 직원이 주문을 재확인할 때, 그 말을 듣지 않고 결제했다가 본인이 주문한 게 아니라고 바꿔 달라고 할 때면 힘이 빠진다. 거짓 리뷰로 구글 별점을 깎아내리는 손님, 커피를 좀 더 뜨겁게 해 달라고 해서 그렇게 만들었는데, 너무 뜨겁다며 다시 해 달라는 손님 등……. 가끔은 "다시 기획해"라는 말을 몇 번씩 듣게 되더라도 차라리 다시 기획하고 싶어진다.

나는 잇프제(ISFJ)다. 인간관계에 있어 잇프제는 내적 손절의 끝판왕으로, 손절하면 뒤도 돌아보지 않고 떠나는 타입으로 알려져 있다. 겉으로 티는 내지 않지만, 이미 마음속으로 그 사람과의 인연은 정리해 버린 상태이기 때문에, 예전만큼의 관계로 '결코' 돌아갈 수 없다. 나 역시 상대가 마지막 선을 넘는 순간, 조용히 정리해 버리고 그렇게 부서진 관계는 회복하려는 노력 없이 내버려 둔다. 이게 내 성격의 단점인지 장점인지는 모르겠지만, 살면서 실제로 그렇게 연락을 끊은 사람은 얼마 되지 않는다. 손절하고 싶어도 할 수 없는 사람들 사이에서 상처받고 애쓰며 지내는 경우가 더 많다. 그래서 어렵다. 다시 안 볼 수도 없고, 그렇다고 좋아질 것 같지도 않은 관계라서.

나와 너무 다른 성격이라 친해지기 어려운 사람, 가까운 사이니 다 나를 생각해서 그러는 거라며 상처 주는 말을 하는 사람, 사회적 직책을 앞세워 타인을 비난하기도 하고, 농담이라며 웃기지도 않는 비아냥거리는 말을 하는 사람…….

상대에게 혹시나 내 말이 예의 없거나 상처 주지는 않을까 문자 하나를 쓰고도 몇 번을 다시 읽어 보는 나인데, 이런 내가 존중받지 못한다는 생각이 들면 어김없이 상처를 받았다.

언젠가 인스타그램에서 랜덤으로 뜬 흥미로운 영상을 본 적이 있다. 영상 속의 한 외국인 여성이 핸드폰의 번역 앱을 통해 강아지에게 뽀뽀해 달라는 말을 전했다. 핸드폰에서 강아지가 짖는 소리가 나자, 가만히 듣고 있던 그녀의 작은 강아지는 물고 있던 인형을 내려놓고 주인의 얼굴에 뽀뽀를 하려고 안겼다. 강아지를 키우지 않아 그 앱을 시험해 볼 수도 없고, 정말 강아지가 정확히 그 말을 알아듣고 주인에게 뽀뽀하려 점프를 한 건지는 모르겠다.

사실 여부는 확실하지 않지만, 사람의 말을 강아지의 말로 번역해 주는 앱처럼, 타인이 하는 안 좋은 말을 내게 배려를 담은 말로 고쳐서 전달해 주는 앱도 있으면 좋겠다는 생각이 들었다.

해소와 충전을 위한 멍때리기 30분

생각해 보면 한국에서나 호주에서나 내게는 스트레스 리셋 버튼이 있었다. 현관문 앞에서 신발 탁탁 털듯 밖에서의 문제를 털어 버리고 오면 좋겠지만, 그러기엔 내 마음이 너무 약하다. 대신 이 스트레스를 옆에 앉히고 가만히 있는다. 현관문을 열고 들어오면 옷도 안 갈아입고 그대로 소파나 바닥에 털썩 앉는다. TV를 켤 때도 있지만, 다른 생각이 들지 않게 소리는 작게 하고, 핸드폰은 하지 않는다. 이리 치이고 저리 치여 찌그러진 내 멘털 쿠션이 다시 부풀어 오를 때까지 멍때리며 30분 정도 기다린다.

출근만 생각하면 전날부터 두통이 생길 만큼 스트레스가 심할 때가 있었다. 이런 내 루틴을 모르는 남편이 하루는 저녁에 픽업을 와서 내가 차에 타자마자 본인의 유튜브 아이디어를 신나게 얘기했다. 내게는 스트레스를 털어 내야 할 시간이 필요했으므로, 당연히 남편의 말에 대답도 호응도 별로였다. 집에 돌아와서 의기소침하는 남편에게 잠들기 전 솔직히 얘기했다.

"여보, 나는 퇴근하고 나면 스트레스 때문에 그 일들에 대한 잔상이 아직 남아 있어서, 여보가 얘기하는 게 잘 안 들어와. 나는 그걸 털어 낼 시간이 필요해. 내 반응이 서운했다면 미안해."

퇴근하자마자 바로 씻고, 저녁을 먹고 쉬는 것에 익숙한 남편과는 정반대의 루틴이었지만, 이후 남편도 그런 나를 이해해 줬다. 남편이 나를 픽업할 때면 우리는 차 안에서 간단히 얼마나 바빴는지, 오늘 하루가 괜찮았는지 서로 안부를 나눈다. 서로의 의견이 필요한 크고 작은 일들은 집에 돌아와서 밥을 먹으며 천천히 나눈다. 지금은 다행히 스트레스가 그때만큼 심하지는 않지만, 그때의 나에게는 너무나 필요한 시간적 루틴이었다.

정신과 의사이자 유대교 랍비인 에이브러햄 J. 트월스키가 말하는 바닷가재에게서 배우는 인생 이야기를 들었다. 바닷가재는 자라면서 껍데기가 그들을 점점 조여 오기 때문에 포식자를 피해 안전한 바위 밑으로 들어가 자신의 껍데기를 버리고 새로운 껍데기를 만든다고 한다. 성장하는 동안 이 과정을 반복하게 되는데, 그는 "바닷가재를 자라게 하는 것은 껍데기가 자신을 조여 오는 바로 그 불편함을 느끼는 것"이라고 했다. 만약 바닷가재에게 의사가 있었다면, 그들이 불편함을 느낄 때마다 의사에게 신경 안정제를 처방받았을 것이고, 그렇다면 다시 기분이 좋아져 절대로 자신의 작은 껍데기를 바꾸지 않았을 것이라고.

"우리가 깨달아야 하는 것은, 당신에게 스트레스가 일어났을 때 그 스트레스는 당신이 성장할 때가 됐음을 의미한다는 것입니다. 당신이 이 역경을 제대로 이용한다면, 우리는 성장할 수 있습니다."

– 에이브러햄 J. 트월스키

생각해 보면 스트레스에서 벗어나고 싶고, 바꾸려 노력하는 순간들이 모여 다른 일을 할 기회가 됐다(비록 새로운 일은 또 다른 스트레스를 안겨 주었지만). 사람들로부터 덜 상처받겠다는 마음을 쓰다 보니, 오히려 내 마음을 더 보살피게 됐다. 모기에게도 좋아하는 피가 있다는 말처럼, 스트레스는 오늘도 그 모기처럼 내 마음에 쉽게 달라붙었다. 어쩔 수 없다. 피할 수 없으니까. 퇴근 후 집에 가는 버스까지 늦어지자, 나는 그냥 그대로 정류장 의자에 멍때리기 버튼을 누르고 30분 앉아 있었다(주말에는 배차 간격이 30분이다). 집에 와서 남편과 마라탕까지 시켜 먹고, 그렇게 스트레스 리셋을 했다. 내일은 또 내일의 스트레스가 생기겠지만, 그건 내일의 문제고, 오늘은 며칠 전에 산 보석 십자수를 해 볼 생각이다. 30분의 스트레스 리셋 시간이 점점 짧아지다 보면 퇴근과 함께 그곳에 털어 버리고 올 수 있는 날도 생기겠지.

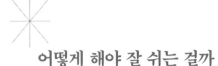

어떻게 해야 잘 쉬는 걸까

쉬어야 할 때를 알고,
어떻게 해야 마음 편히 잘 쉴 수 있는지
그 방법을 아는 것도 삶에 있어
꼭 필요한 무기라 생각한다.

핸드폰을 하고 있는데, 남편이 방에 들어와 나를 보더니 한마디 했다.

"여보, 계속 그렇게 하면 집중력에 안 좋대."

그 말에 고개를 들어 보니, 책상 위에는 뭔가를 검색하느라 창을 여러 개 띄워 놓은 노트북이 있었고, 그 옆의 아이패드에는 보지도 않는 유튜브가 틀어져 있었다. 그러면서 핸드폰까지 하고 있으니 그런 내가 꽤나 정신없어 보였나 보다. 언젠가부터 계속 이랬다. 이게 내 일상적인 퇴근 후 휴식의 기본 세팅이다. 몸은 편히 앉아 있거나 누워 있지만, 정신은 온통 디지털 세상에 들어가 있다. 핸드폰으로 뭔가를 검색하면서도, 유튜브나 넷플릭스는 배경 음악처럼 틀어 놓기 일쑤이고, 잠이 오지 않는 밤에는 잠과 사투를 벌이며 침대에 누워 한두 시간 핸드폰을 붙잡고 있다. 쉬는 날이면 눈뜬 시간에 침대에서 일어나지 못하고 핸드폰을 하며 뒹굴거린다. 그중 대부분은 SNS나 유튜브에 올라온 나와 상관없는 짧은 영상들을 넘기며 보는 일들이다. 집안일을 하면서도 핸드폰이나 태블릿 시청 등 두세 가지 일을 동시에 하는 건 너무나 익숙하다. 빨래를 갠다거나 설거지를 하기 전에는 항상 음악이나 라디오부터 튼다. 이런 멀티태스킹을 잘할수록 직장에서는 일을 잘한다는 말을 듣는데, 집중력이 떨어진다는 얘기를 솔솔 듣게 되는 걸 보면, 두뇌 건강에는 그렇지 않은가 보다.

뭔가를 기억해야 하면, 내 머리를 믿기보다 항상 핸드폰 메모장을 켰고, 누가 물어보면 전날 저녁으로 무엇을 먹었는지도 한참 생각해야 겨우 떠오르는 날들이 생겼다. '아, 그거 해야지' 하려다가 금세 산만해져 다른 걸 하고 있고, 내가 뭐 하려고 했더라 싶어 제자리에 서서 생각해야 하기도 했다. 기억력과 집중력이 좀 떨어진 것 같다는 의심과 함께 핸드폰을 붙잡고 있는 시간들이 점차 의식적으로 느껴지기 시작했다. 처음으로 핸드폰 설정에 들어가 스크린 타임을 실행하고, 내가 하루에 얼마나 스마트폰을 사용하는지 종종 체크했다. 일하는 동안에는 자주 쓰지도 않고 핸드폰으로 일하는 것도 아닌데, 나는 하루의 1/4이나 되는 6시간을 핸드폰을 사용하는데 썼고, 하루에 60번이나 핸드폰을 열어 봤다. 뭔가 잘못됐다는 생각이 들었고, 핸드폰과 거리를 두려 노력했다. 잠이 오지 않는다고 침대에 누워 핸드폰 보지 않기, 쓰지도 않을 스마트 기기는 괜히 켜 두지 않기, 집중할 일이 있을 때는 핸드폰을 다른 공간에 두기, 필요 없는 알림은 끄기 등등. 그렇게 노력했지만, 사용 시간을 채 2시간 줄이는 것도 쉽지 않았다. 오랜 시간 디지털 기기에 종속되어 있으면서도 내가 중독까지는 아니라고 생각했는데. 하지만 스크린 타임이 보여 주는 증거에 부정할 수 없었다.

스마트폰을 덜 쓰려 노력하며 진정한 휴식에 대해 생각했다. 어떻게 쉬는 게 나를 잘 쉬게 하는 방법일까. 잠만한 보약이 없다니까, 쉬는 날이면 몰아서라도 오래 잠을 자거나 침대에 최대한 누워 있으려고 했다. 몸을 쉬게 해 줘야지. 더 뒹굴어야지 싶은 마음으로. 하지만 그렇게 쉬다 보면 오히려 목이 뻐근하고 컨디션이 좋지 않았다. 그냥 쉰다고 쉬어지는 건 아니었다. 쉬는 일 하나에도 자신에게 맞는 방법이 필요했다.

　그래서 자연으로 가 보기로 했다. 자연 속에서 쉬면서 머리와 마음에 공백을 갖는 건 분명 좋을 테니. 집 근처에 대형 아웃도어용품점이 있고, 동네에 크고 작은 요트와 캠핑카가 마당에 주차되어 있지만, 그동안 재미있어 보인다거나 별로 부럽다는 생각이 들지 않았던 건 내가 전혀 아웃도어 활동에 관심이 없기 때문이다. 그래서 자연으로 가 보자고 마음을 먹어도 뭐가 좋을지 정하기도 쉽지 않았다.

　그러다 캠핑은 어떨까 생각이 들었다. 한국에서 회식의 일환으로 캠핑을 몇 번 한 적은 있지만, 내가 손수 장비들을 챙겨서 나간 적은 단 한 번도 없다. 그래서 장비부터 사지는 않고, 드라이브 간다는 기분으로 캠핑장 근처 투어를 먼저 해 보기로 했다. 다녀온 사람들에게 물어서 장소를 찍고, 뒷좌석에 간식 바구니만 가볍게 챙겨서 떠났다. 40분여를 달려 도착한 캠핑장은 나무가 빼곡한 산속에 있었다. 많은 캠퍼들이 텐트를 치고, 모닥불 앞에 옹기종기 모여 음식도 해 먹고, 음악도 들으며 이야기를 나누고 있었다. 아이들과 함께 온 가족부터 연인

혹은 친구로 보이는 사람들까지 어림잡아 열 팀 정도 되는 것 같았다. 근처를 돌아보며 산책도 했지만, 채 10분도 지나지 않아 집으로 차를 돌렸다. 왜 편한 집 두고 밖에서 텐트 치고 자는지 나 같은 사람은 아마 평생 그 즐거움을 이해하지 못할지도 모르겠다.

다시 휴식에 대해 생각했다. 내가 편히 즐길 수 있는 쉼의 방법으로 쉬자고.

한국에서는 주말이면 등산도 종종 즐겼는데, 호주에 오고 나서 내가 '나무 공포증'이 있다는 걸 알게 됐다. 모든 나무들에 대해서 그런 건 아니다. 다만 엄청난 크기의 오래된 나무들이 호주에는 정말 많은데, 그 낮고 무성한 가지 아래를 지나갈 때면 등골이 오싹하고 땀이 나면서, 뛰거나 종종걸음으로 빨리 지나가게 된다. 이런 내가 산속에서 잔다는 건 생각도 못할 일이다. 그리고 같은 바다라도 인적이 드문 곳보다는 가까운 곳에 작은 카페나 화장실과 같은 시설이 있는 곳이 좋고, 같은 길이라면 나무 발판이라도 있는 트레킹 길을 선호한다는 것도 알게 됐다. 그나마 다행인 건, 남편과도 이런 취향이 잘 맞는다는 점이다. 누구 한 명이라도 아웃도어 활동을 좋아했다면 다른 한 명을 끌고 나가서 새로운 경험들을 할 수도 있었겠지만, 애초에 둘 다 관심이 없으니 '집에서 쉬자'라며 부딪힐 일도 없다.

휴식에도 여러 가지가 있다. 신체적인 휴식이 필요할 때도 있고, 정신과 마음에 휴식을 가져야 할 때도 있다. 내가 어떤 휴식이 필요한지도 어김없이 내게 물어봐야 하는 일인 셈이다. 오래 몰아서 자는 게 쉽지 않은 나는, 대신 짧은 낮잠을 잔다. 자고 일어나면 마치 박카스 한 병을 마신 것처럼 상쾌하다. 가끔 바람이 쐬고 싶을 때면 보전공원의 트레킹 길을 걷고, 가보고 싶었던 곳이나, 보고 싶었던 전시를 다녀온다. 그럼 훨씬 더 마음이 편안하고 에너지가 충전되는 기분이 든다.

얼마 전, 흥미로운 뉴스를 봤다. 미국 프로 골프(PGA) 챔피언십 경기에서 타이거 우즈가 경기를 하고 있었는데, 1번 홀에서 친 공이 휘어지며 갤러리들이 몰려 있는 러프에 떨어졌다. 타이거 우즈가 공을 치러 가까이 오자 세계 최고 골프 스타를 바로 코앞에서 보게 된 갤러리들은 너도나도 핸드폰 카메라를 들어 그 모습을 찍으려 했다. 하지만 그중에 한 남성은 스마트폰 대신 맥주 캔을 두 손으로 움켜쥐고 타이거 우즈의 샷을 진지하게 감상하고 있었다. 그 남자의 모습은 금세 세계적인 이슈가 됐다. 내가 그 자리에 있었다면 나 역시 우즈가 저 멀리서 걸어오는 순간부터 핸드폰을 꺼내 촬영하고 있었을 텐데. 그 중년 남성은 눈으로만 집중해서 순간을 즐기고 있었다.

스마트폰을 쓰면서 어느 순간이든 마음만으로 오롯이 그 시간을 즐기는 건 꽤나 대단한 일이 되어 버렸다. 쉬고 있을 때마저 전자 기기를 세 개씩이나 켜 두고 휴식 중이라 생각하는 나 같은 사람도 있으니 말이다. 하지만 제대로 된 휴식은 과잉하지 않는 방법으로, 몸과 마음에 공백을 채워 줘야 하는 시간이 아닐까.

머리를 쉬게 하고 싶다면 디지털 기기를 과하게 사용하지 않고, 몸을 쉬게 하고 싶다면 자신이 즐길 수 있는 방법으로 적당히 움직이면서. 감정의 해소가 필요하다면 일기를 쓰거나 가까운 사람들과 대화를 나누면서. 쉬어야 할 때를 알고, 어떻게 해야 마음 편히 잘 쉴 수 있는지 그 방법을 아는 것도 삶에 있어 꼭 필요한 무기라 생각한다.

시간의 잔고를 세 보며

결국에는 버티는 사람들이 해내니까.

퇴근 후 저녁을 차려 놓고 여느 때처럼 유튜브를 틀었다. 〈30대 은퇴 노리는 미국 FIRE족 실제 상황〉이라는 제목의 추천 영상이 눈에 들어왔고, 한 30분 동안 남편과 밥상 토론을 하며 재밌게 봤다.

우리가 본 방송은 김난도 교수와 조승연 작가, 가수 에릭남이 뉴욕에서 밀레니얼 세대들을 만나 이전 세대와는 달라진 그들의 라이프 스타일을 알아본 〈tvN Shift 2020〉이라는 방송의 일부였다. 밀레니얼 세대가 생각하는 행복, 공유 경제, 환경 등 다양한 가치들에 대해 다루고 있었는데, 개인적으로는 돈벌이에 대한 나의 생각이 변하는 계기가 됐다.

미국 뉴욕의 밀레니얼 세대를 중심으로 일어난 파이어

(FIRE) 운동은, 경제적 자유를 뜻하는 Financial Independence와 조기 은퇴를 뜻하는 Retire Early가 합쳐져서 만들어진 신조어이다. 20대 때부터 극단적 절약을 통해 은퇴에 필요한 자금을 마련한 뒤, 30~40대에 조기 은퇴를 하고 남은 인생은 하고 싶은 일을 하거나 여행을 다니며 즐기고자 하는 사람들이다.

한국에서 호주 이민을 고민할 때, 은퇴도 하나의 이유였다. 결혼 전, 남편과 나는 결혼과 미래에 대해 자주 고민하곤 했다. 우리가 정년까지 일할 수 있을지, 40~50대에 회사에서 나오게 되면 그 이후에는 어떤 일을 할 수 있을지. 그 결과, 기회가 있을 때 기술을 배워 호주에 자리 잡으면 그게 제2의 인생이 될 수 있을 거라 여겼다. 한국보다 높은 시급과 연봉, 기술이 있다면 비교적 나이 제한이 덜한 근무 환경에, 야근과 회식이 없는 사회생활, 영주권자가 받을 수 있는 경제적 지원 등을 생각하면 30대에 몇 년 투자하는 건 아깝지 않아 보였다. 1983년에 태어난 우리 부부도 밀레니얼 세대지만, 파이어 운동과는 반대로 40대 조기 은퇴를 피하기 위해 호주 이민을 생각한 셈이다.

하지만, 막상 호주에서 살다 보니 또 다른 고민을 하게 됐다. 한국에서 공대를 졸업한 남편은 호주 이민을 위해 요리 공부를 시작했고, 호주 학위가 없는 나는 일반 매장에서 세일즈 일을 했다. 그런데 한국과 달리 호주에 와서 몸으로 몇 년 일하다 보니, 남편도 나도 체력이 문제였다. 나는 원래 타고난 저질 체력이었고, 호텔과 레스토랑에서 셰프로 일하던 남편도 쉬는 날에는 온종일 집에서 쉬면서 충전할 수밖에 없었다.

언제까지 이렇게 일할 수 있을지 고민하던 때에 이 방송을 보게 되었고, 꿈같은 조기 은퇴에 대해 눈을 뜨게 된 것이다. 한 파이어족이 계산한 은퇴 자금은 약 12억, 내일모레 마흔인데 로또에 당첨되지 않는 이상, 20대보다 더 극단적인 자린고비 생활을 해도 우리 수입으로는 10년 안에 파이어족이 되긴 불가능하다. 하고 싶어도 실현 가능성이 없어 보이기에 "나도 이제 파이어족이 되겠다"라고 우스갯소리를 하며 넘겼지만, '경제적 독립'에 대한 갈망이 생겨 버리고 말았다. 굳이, 호주에 이민까지 온 이제서야.

그동안 밀레니얼 세대를 떠올릴 때 '파이어족'보다 익숙했던 용어는 '욜로(YOLO)'족이었다. 미래를 위해 현재를 희생하기보다 지금의 행복을 더 중요시하고 소비하는 라이프 스타일을 말하는데, 파이어족이나 욜로족 모두 내가 속할 수 없는 삶의 방식이다. 파이어족처럼 일찍 은퇴하기도 현실적으로 어렵고, 지금의 행복만을 추구하며 미래와 노후 준비에 소홀해질 수만도 없다. 자녀는 없지만 은퇴하신 부모님의 건강과 노후를 돌봐야 하고, 더불어 우리의 은퇴 후도 계획해야 하기 때문이다.

하지만 "인생에서 즐길 수 있는 시간은 정해져 있으니, 자신만의 행복한 삶을 살아가자"라는 그들의 공통적인 메시지는 충분히 내 삶에 끼워 넣을 수 있었다. 불안한 미래만을 위해 오늘을 희생하지 않고 하루를 온전히 잘 살아 내려면 파이어와 욜로 간의 적당한 밸런스가 필요했다. 그렇게 몇 가지 방법을 찾고 연습을 시작했다.

첫째, 열심히 일한 내게 보상해 주기. 결혼 후 8년 차에 처음으로 각자의 용돈 통장을 만든 이유다. 호주에서 비자를 진행하는 동안 이민청에서는 항상 공동 계좌 내역을 요청했기 때문에 우리는 모든 수입을 하나의 계좌에 넣어 두고 지냈다. 과소비나 사치를 하는 것도 아니었고, 서로의 소비에 터치를 하지는 않았지만, 내 사용 내역을 남편이 고스란히 보는 게 마냥 편하지는 않았다. 이제는 용돈 통장을 만들어, 아직 책장에 안 읽은 책들도 쌓여 있지만 새로 출간된 읽고 싶은 책을 또 산다거나, 조금 비싼 주얼리들을 사고 싶을 때는 마음 편하게 용돈을 쓴다.

둘째, 일을 하지 않아도 돈이 들어오는 패시브 인컴(Passive Income) 만들기. 나의 노동과 시간을 직접 투자해야 하는 직접적인 노동으로는 수입의 한계가 있다. 그래서 시간과 노력을 한번 기울여 나의 분신들이 나를 대신해 일을 하도록 만들었다. 내가 다른 일을 하고 있어도, 혹은 쉬거나 잠을 자면서도 수입을 낼 수 있는 수동 소득을 만든 것이다. 부동산 투자를 할 능력은 안 되니, 대신 주식을 공부했고, 유튜브 채널도 만들어 봤고, 오랫동안 가지고 있던 블로그에 광고도 달았다. 그중에서 지금은 영어 자료 판매와 블로그 광고로 조금씩 수익을 얻고 있는데, 금액은 미비하지만 수입이 들어올 때마다 참 뿌듯하다.

셋째, 될 때까지 해 보겠다는 마음 갖기. 진정한 파이어족들처럼 열혈적으로 준비하는 게 아니기 때문에, 과연 이른 은퇴를 할 수 있을까? 가능한 일일까? 싶은 게 사실이다. 호주 연금은 67세부터 지급되는데, 그때까지 계속 일하다가 평범하게 은퇴하는 건 아닐지……. 그게 결코 나쁜 건 아니지만, 할 수만 있다면 조금 이른 은퇴를 하고 싶으니까. 남편과 계속 은퇴 이후의 삶을 이야기하다 보면, '할 수 있다, 해 보자'는 마음을 다시 갖게 된다. 결국에는 버티는 사람들이 해내니까.

미래는 어떻게 될지 모르니, 혹시나 조금 이른 은퇴를 하게 된다면, 나는 동네에 작은 책방을 하나 내고 싶다. 여기서 중요한 건 '책이 얼마나 팔리는지 걱정하지 않는 것'이다. 즉 수익에 연연하지 않고 좋아하는 책들을 들여놓고, 커피도 만들고, 책 소개도 해 주는 큐레이션 책방. 그곳의 한편에 앉아 쓰고 싶은 글도 쓰는 행복한 상상을 해 본다.

내 인생 가장 비쌌던 수업료

초심자의 행운은 계속되지 않는다.

○

이렇게 돈을 번다고?

월급 받아서 하는 건 예금, 적금, 보험 상품이 전부였고, 투자는 가슴 떨려 시도해 볼 생각조차 안 했던 나다. 실물도 아닌 비트코인 한 개가 3천만 원이라는 사실도 믿기지 않는데, 수많은 종류의 알트코인이 있다는 남편의 얘기를 듣다 보니, 나만 혼자 과거에 살다가 훌쩍 미래로 건너온 기분이 들었다.

게임으로 번 코인 수익이 월급보다 훨씬 많아서 일을 관두고 게임만 한다는 아시아 어느 나라 사람의 이야기. 갓난아기인 동생이 손가락을 깨물자, 아파하는 형의 모습이 담긴 1분짜리 영상이 8억에 팔렸다는 이야기. 이게 다 무슨 말이지. 이렇게 쉬우면(물론 말처럼 쉽지는 않지만), 누가 일해서 돈을 벌겠나라는 생각도 들었지만, 이미 그렇게 일만 해서는 돈을 충분히 벌기도 모으기도 어려운 세상이 되었다는 생각도 들었다.

코인 생태계를 조금 알고 나니, 결코 먼 나라 생판 남 일만은 아닌 게 됐다. 아는 선배가 코인으로 돈 벌어서 사업을 시작했다고 하고, 지인의 친구는 코인과 주식 투자에 성공해 집을 보러 다닌단다. 나는 사고 싶은 전자 제품이 나오더라도 얼리어답터처럼 바로 구매하기보다, 다른 사람들의 리뷰를 충분히 살펴보고 장단점을 비교한 후에 신중 구매를 결정하는 타입이다. 그런데 온 세상의 모두가 나만 빼고 코인과 주식 투자를 다 하고 있으니, 심지어 초등학생도 주식으로 천만 원을 번다는데, 지금 안 하면 나만 바보네 싶어 느지막이 뛰어들었다.

조금만 해 보자는 마음이었는데, 주식을 산 지 얼마 안 돼서 수익이 30퍼센트를 넘겼다. 보는 눈이 있나 보다 싶어 두 개였던 종목을 10개로 늘렸다. 주식과 함께 코인도 사들였다. 한 개도 살 수 없을 만큼 이미 오를 대로 오른 비트코인을 사기보다, 다른 알트코인과 NFT에 눈을 돌렸다. 메타마스크 앱도 깔고, 생전 하지 않던 게임도 설치하고, 디스코드도 들어갔다. 세상엔 너무나 똑똑한 사람들이 많았다. 일을 해서 한 달에 돈을 얼마나 버는지만 생각했지, 돈을 굴리고 불리는 것에 관심도, 금융 지식도 없던 내가 뒤처져 있는 것만 같았다.

이런 금융 바보도 제대로 투자하고 있다고 느껴질 만큼, 다행히 주식장은 계속 빨간색이었고, 코인도 수익은 크지 않았지만 그렇다고 손해도 없었다. 일확천금, 벼락부자까지는 아니더라도 더 투자하면 더 큰 목돈이 생길 것 같은 마음에 우린 점점 과감해졌다.

그때, 더 이상 욕심을 부리지 말았어야 했다. 남편이 한창 보고 있던 NFT 관련 해외 디스코드가 있었는데, 론칭 이벤트 안내가 올라오자 남편은 참여하려고 기다리고 있었다. 예정 시간쯤 되어 참여 링크가 올라왔고, 2천 달러를 송금하는 순간, 남편은 사이트 주소 뒷자리가 잘못됐다는 걸 깨달았다. 누군가 홈페이지를 똑같이 베낀 스캠 사이트를 만들어 이벤트 전에 미리 올려 유도한 거였다.

남편의 "악!" 소리에 놀라 방으로 들어가 보니, 이미 되돌릴 수도 없는 상태였고, 빨개진 얼굴로 얘기하는 남편을 괜찮다며 안아 줬다. 토닥토닥해 주는데 갑자기 닭똥 같은 눈물이 또르르……. 처음 당하는 사기였다. 금액이 얼마인지보다, 허무하다는 생각이 들었다. 코인이 뭐라고. 그렇게 우리는 스톱을 하고, 더 이상 무리한 투자는 하지 않기로 했다. 이미 주식과 코인으로 한때의 1년 치 연봉이 들어간 상태였고, 우리가 끝물에 들어간 건지 얼마 후 결국 끝을 알 수 없는 하락장이 시작됐다. 우리는 투자한 돈에서 수익은커녕 원금을 뺄 엄두조차 못하고 다시 원금만이라도 회복되기를 기다리고 있다.

들어간 지 1년이 지난, 한 게임 오픈 채팅방은 코인의 몰락과 함께 400명이 넘던 사람들이 지금은 90명으로 줄었다. 차마 나오지 못하고 있는 사람들은 다 똑같은 마음인 걸까. 매일매일 그렇게 열심히 했는데, 코인이 다시 오르는 날은 영영 오지 않으려는 건지…….

투자에 소극적인 나까지 뛰어들 만큼 주식과 코인 열풍은 대단했다. 그만큼 투자에 실패한 사람들의 안타까운 사연들도 뉴스에 자주 나왔다. 우리에게 무리한 투자였기보다는, 무리한 탐욕 자체가 더 문제였다. 이렇게 돈 벌어서 어느 세월에 집 사고 은퇴하나 싶은데, 주식과 코인이라면 그게 가능해 보였다. 조금이라도 일찍 경제적 자유를 이루고 싶은 그 빨리빨리의 마음이 점점 더 많은 돈을 투자하게 만들었다.

사기당한 게 억울하긴 하지만, 회복 불가능한 돈을 잃은 것도 아니니, 큰 경험을 했다고 생각하기로 했다. 자는 시간까지 줄여 가며 단타도 했던 잠보 남편, 분명히 성장성 있다며 내가 확신하고 투자했던 종목은 지금 매일 새로운 바닥을 보여 주고 있다. 아깝고 안타깝기는 하지만, 하면서 배웠다. 책과 영상만 보는 것보다 실전을 통해 공부한 셈이다. 주식을 팔 때는 더 오를 때까지 기다리지 말고, 기준점을 정하고 손익을 내기로. 일단 목돈 만들기에 더 집중하고, 받침대가 든든히 생기면 더 투자하기로. 남들이 얼마 벌었다는 말에 흔들리지 말기로.

그리고 조금 천천히 경제적 자유를 이루게 되더라도, 너무 조바심 갖지 않기로 했다. 경제적 자유의 기준은 사람마다 다르기에, 그것을 이룰 수 있는 시점도 각자 다를 거라 생각한다. 완전한 월급 노예의 해방만이 자유가 아니라, 주 5일 근무에서 주 2일 근무만 할 수 있어도 일부 경제적 자유를 이룬 셈이다. 내 시간을 내 마음대로 쓸 수 있다는 게 가장 부러운 사치가 아닐까. 모두에게 똑같이 화려한 스포츠카, 비싼 아파트, 100억대 자산이 경제적 자유의 절대적인 기준은 아닐 것이다.

재테크를 하면서 배운 건, 이 분야에서도 인생처럼 나만의 기준과 계획이 필요하다는 것이다. 기준이 명확해야 익절과 손절을 실현할 수 있고, 플랜이 있어야 차선책이 있을 수 있다. 초심자의 행운은 계속되지 않는다.

삶의 배경지를 그리는 일

만약 집 앞에 나무 하나 심을 공간이 있다면

내가 좋아하는 아몬드 나무를 한 그루 심고 싶다.

한국으로 휴가를 다녀온 동료가 오랜만에 책을 샀다며 보여줬다. 책을 좋아하는지도 몰랐던 스물아홉의 운동 좋아하는 건장한 청년이 들고 온 책들은 의외로(?) 감성 가득한 에세이가 많았다. 제목에서부터 "Love yourself"라는 응원의 메시지를 팍팍 전달하고 있는 신간과 베스트셀러들. 그 책들 사이로, 유난히 궁금해지는 제목 하나.《금요일엔 시골집으로 퇴근합니다》였다.

평일에는 서울에서 직장 생활을 하고, 금요일 퇴근길에 짐을 챙겨, 고양이와 함께 주말 동안 시골집에서 생활하는 작가의 이야기다. 폐가를 사서 직접 고치고, 이웃들로부터 꽃 심고 채소 키우는 방법을 배우고, 옆집 할머니와 브런치 친구가 되기도 한다. 도시와 시골이라는 너무 다른 공간에서 두 집 살림을 해 나가는 작가의 이야기가 흥미로워 빌려서 금세 읽어 버렸다.

시골의 운치는 탐나지만, 벌레를 무서워하는 마음이 더 큰 나로서는 절대 시도하지 못할 생활이라 호기심 반, 대리 만족 반의 마음으로 책을 읽었다. 회사 일에 지쳐 번아웃에 빠져 있던 작가가 퇴사 대신 시골 폐가를 구입해 주말에 촌 생활을 하며 마음을 위로받고 치유해 가는 모습이 행복해 보였고, 고개를 끄덕이게 했다. 내 집이 그런 공간이면 좋겠다고 생각했다. 집에 돌아왔을 때, 내 시선과 손길들이 쌓은 시간의 아늑함으로부터 위로받을 수 있는 단정한 집. 하지만, 아직은 렌트 중인 집에 살면서 그게 마음처럼 되지는 않았다.

지금 살고 있는 집은 집주인이 세입자를 위해 냉장고나 세탁기와 같은 주요 가전과 침대, 서랍장 같은 가구들을 미리 비치해 둔 집이다. 내 집처럼 꾸민 게 아니라 언밸런스한 가구들이 방마다 섞여 있다. 거실에는 잘 쓰지 않아 자리만 차지하고 있는 여분의 소파, 용도가 애매한 거실 장이 우리가 이케아에서 산 철제 선반과 어색한 조화를 이루고 있다. 작은 빌트인 옷장이 있는 방에는 집주인 소유의 오래된 서랍장 두 개가 있다.

서랍을 열 때마다 빼고 넣기가 매끄럽지 않아 불편했다. 처음에는 아쉽긴 해도 그럭저럭 맞춰 살 만했지만, 7년쯤 살다 보니 사용할 때마다 한 번씩 짜증을 불러일으켰다.

한정된 공간 안에 빌린 것과 내 것들의 정리되지 않는 소란스러움은, 시간이 지나면서 새로운 공간을 갖고 싶다는 욕구를 키웠다. 애들레이드에서 구한 첫 집보다는 위치도 구조도 좋았기에 마음에 들었지만, 이 집에서 이렇게 오래 살게 될 줄은 몰랐다. 남편도 나도 출퇴근하기에 좋은 위치였고, 렌트비가 저렴해서 몇 년만이라는 생각으로 처음 이 집에 들어왔다. 1년씩 계약을 연장하다가 이사를 하고 싶을 때가 되자 렌트 시장 상황이 나빠지며 결국 7년을 살았다. 그 시간만큼 많은 추억이 쌓인 집이지만 그런데도 아늑하다기보다는 장기 여행자의 숙소 같은 기분이 든다. 적당히 짐 풀고 지내다 곧 떠나버릴 마음으로 살았다. 그러다 보니 집에 오면 편하긴 하지만, 한국 집에서 느끼던 내 집 같은 아늑함은 덜한 편이다.

한창 코로나가 심각해지던 2020년, 호주는 주택 시장 호황이라는 뉴스가 연일 나왔다. 애들레이드의 부동산 에이전

트들도 놀랄 만큼 렌트 경쟁률 역시 치솟았고, 우리도 매일 그 걸 직접 확인하고 있었다. 이 집에서 이사를 나가려고 렌트를 알아봤지만, 한번 오른 집값과 렌트비는 내려오지 않았다. 더 이상 비슷한 렌트비로 이만한 집을 구하기도 어려웠고, 겨우 찾은 마음에 드는 집도 50명, 100명씩 지원자가 줄을 섰다. 그 경쟁률을 뚫고 우리가 선정되는 일은 없었다. 몇 개월 동안 많게는 하루에 네 곳까지 집을 보러 다녔고, 총 40여 곳의 집을 둘러봤다. 그러다 마지막으로 지원했던 집의 서류 지원자가 200명 가까이 된다며, 부동산에서 다른 지역의 렌트 하우스 리스트를 보내왔을 때 결국 이사를 포기했다. 그나마 살고 있는 집의 계약을 연장할 수 있어서 다행이었고, 렌트 이사도 어려워졌다는 걸 알고 나서 '호주에서 평생 살 것도 아닌데, 집을 꼭 사야 할까'라는 고민은 재고 없이 '사야 되네'라는 결론이 되어 버렸다.

은행에서 모기지 상담을 받고 나와 근처 카페에 앉아 남편과 구체적인 주택 구입 예산과 계획을 세웠다. 이후 한 달 사이에 이자가 더 올라서 빌릴 수 있는 금액은 1만 5천 달러가 더 줄었다. 원하는 것보다 더 작은 집을 찾아볼지, 돈을 더 모을

지 고민스럽지만, 당장 이사를 가지는 못하더라도 일단 집 안 정리는 해야겠다는 생각이 들었다. 살림살이와 함께 쌓여 있던 '지금이 만족스럽지는 않지만 뭐 어쩌겠어'라는 생각을, '내 집도 아닌데'라는 마음으로 포기하고 방치하고 지내던 곳곳을 더 정돈해야겠다고 말이다.

그리고 내 집이 생기면 사겠다고 미뤄 두었던 식기와 커트러리도 하나씩 사 볼까 한다. 그동안 이 집에는 어울리지 않아 필요 없다고만 생각했다. 하지만 언제 내 집이 생길지도 모르는데 계속 구매를 미루면서 재미없게만 살고 싶지는 않다. 이미 오래된 낡은 가구와 이케아 신제품 가구의 어색한 조화 속에 살고 있는데, 그 사이에 숟가락 하나 새로 들여놓는다고 뭐 얼마나 안 어울리겠나.

애들레이드에 와서 처음 지냈던 집을 생각하면, 적응하느라 힘들었던 마음과 후회로 눈물 흘렸던 기억밖에 없다. 여러 불편함을 안고 1년 렌트 계약이 끝나기만을 참고 기다렸다가, 나는 그곳에 잊고 싶은 기억을 잔뜩 버리고 나왔다. 이후 이 집으로 이사 와서도 배관 문제나, 이웃과의 트러블 등이 있었지만 그 모든 것을 감수할 수 있을 만큼 좋은 집주인을 만났다. 그리고 호주 생활에도 많은 변화가 생겼다.

살아온 집을 돌아보면, 그때의 내 삶을 들여다보는 것 같다. 집은 내 시간 속의 배경지가 됐다. 다음 집에서는 어떤 시간을 그려 나가게 될까. 인생 첫 집을 마련하려고 매일같이 집을 알아보고 있는 요즘이다. 그곳은 남편과 나, 서로가 꿈꾸는 삶의 가치를 잘 담아내는 실현의 공간이 되었으면 좋겠다. 함께 또 각자의 모습으로 '우리의 삶'을 살아갈 수 있는 집.

집돌이인 남편이 은퇴 준비를 마음껏 그려 볼 수 있는 공간과 밖순이에서 집순이가 되어 가고 있는 나 역시 그곳을 나다운 풍경으로 꾸며 갈 수 있기를. 그리고 둘 다 가드닝은 싫어하지만, 만약 집 앞에 나무 하나 심을 공간이 있다면 내가 좋아하는 아몬드 나무를 한 그루 심고 싶다. '새로운 인생의 시작'을 상징하는, 고흐가 그린 꽃 피는 아몬드 나무를. 세 번째 집의 배경지로 미리 생각해 두었다.

일 앞에서 더 순진해지고 싶은 마음

직장인보다는 직업인이 되고 싶다.

◯

오후에 일을 하고 있던 중, 낯선 번호로 전화가 왔다. 스팸 전화인 줄 알았더니 곧 같은 번호로 문자가 왔다.

"안녕, 제니. 나는 C 카페의 샘이라고 하는데, 아직 바리스타 일 구하고 있는지 궁금해서 연락했어. 알려 줘."

한 달 전에 낸 이력서였다. 당시 그 카페에서 사람을 구하고 있는 건 아니었지만, 기회가 된다면 일해 보고 싶었던 곳이라 혹시 나중에 사람이 필요하다면 연락 달라고 메일을 보냈었다. 그곳의 진한 스페셜티 커피 맛이 좋았고, 시티 거리가 내려다보이는 뷰 맛까지 좋았다. 오후부터 밤까지 디저트 카페에서 일하고 있었던 때라, 오전 근무라면 할 수 있을 것 같았다.

이튿날 오전, 약속한 시간에 맞춰 이력서를 들고 카페로 갔다. 40대로 보이는 젊은 여자 사장님과 짧은 인사를 나누고 커피를 몇 잔 만들었다. 경력이 얼마 되지 않아서 긴장했지만, 유난히 밀크 스티밍이 잘되는(?) 커피 머신이었는지 나쁘지 않았고, 옆에서 보던 선배 바리스타들도 좋다고 했다. 그렇게 면접부터 스티밍까지 체감상 10분 정도 걸린 것 같은데, 바로 그다음 주부터 주 5일 근무를 하게 됐다. 그리고 한국, 인도네시아, 태국, 베트남, 네팔, 인도, 이집트 사람들과 함께 일을 시작했다. 직원 중에 나이로는 사장님 다음으로 내가 제일 고참이고, 무려 아들뻘이라고 해도 믿을 스물한 살 친구와도 동료가 됐다.

내 직업은 바리스타다. 커피가 완벽하지 않다는 걸 알기에 스스로 바리스타라고 인정하기까지는 시간이 걸렸다. 특히나 실력 출중한 경력직 바리스타들이 만드는 커피를 옆에서 보다 보면 나는 너무 부족할 뿐이었다. 하지만 그냥 "내 직업은 바리스타야"라고 말해 버리기 시작했다. 나는 내게 라벨링을 했다. 이전에는 "카페에서 일해"라고 말했지만, 카페에도 각자 포지션이 다른데, 바리스타 말고 나를 설명할 단어는 없었다.

내가 무슨 일을 하는지는 직장이 아니라, 직업이 보여 주니까. 모두가 완벽한 실력을 갖춘 바리스타만 있는 건 아닌데, 내가 바리스타가 아니면 뭐라고.

내가 일하는 브런치 카페는 바리스타들도 바쁠 땐 키친 일을 돕는다. 음식을 만들 수는 없지만, 설거지를 하고, 일손이 부족한 키친 직원 대신 손님에게 음식을 서빙한다. 키친에 들어가 설거지를 하다 보면 키친핸드(주방 보조)로 일하던 때가 생각난다. 그곳도 아침마다 몰려드는 손님들로 전쟁을 하는 바쁜 브런치 카페였는데, 나는 주방에서 음식 재료 손질과 설거지를 하고, 바쁠 땐 간단한 그래놀라 메뉴도 직접 만들고, 음식 재료의 배송 체크 등을 했다. 일반 운동화 대신 주방에서 미끄러지지 않는 작업화를 신어야 했고, 식기세척기가 없어서 그때는 모든 접시와 프라이팬들을 직접 설거지했다. 설거지해서 빼놓기 바쁘게 옆 싱크대에는 다시 커트러리와 접시들이 쌓여 갔다. 처음 해 보는 일이었지만, 함께 일하는 동료들이 너무 좋아서 몇 주 만에 그만두면서도 많이 아쉬웠다. 하지만 내 체격과 체력으로 오래 근무하기에는 어려운 일이었다. 카페에서 나는 키친보다 커피 머신 앞에서의 일이 더 잘 맞는다는 걸 알았다. 직장이 좋아도, 업무가 나와 맞지 않으면 계속 일하기 쉽지 않다.

한국에서 출판 마케터로 일한 지 5년 차쯤 되자, 약간의 번아웃이 오기 시작했다. 특히 1호선 출근길 지하철에 끼여 옴짝달싹하지 못한 채 신도림까지 실려 갈 때면, 답답함과 회의감이 몰려왔다. 신간이 나올 때마다 로봇처럼 반복하고 있는 것 같은 업무, 떨어지는 집중력, 예전 같지 않은 열정, '지금 내가 잘 살고 있는 걸까'라는 생각이 들었다.

그때 처음으로 회사, 우리 팀이라는 울타리보다 내가 하는 일에 대한 고민을 진지하게 하기 시작했다. '5년, 10년 후에도 하고 싶은 일인지'에 대해서. 직장이라는 공간과 그 안에서 내가 하고 있는 일을 따로 떼어 생각하다 보면, 하고 싶은 일의 방향이 점점 선명하게 그려진다. 한국에서는 답을 찾기도 전에 이민을 와 버렸지만, 호주에 와서는 여러 일들을 경험해 보며 답이 무엇인지 발견해 갈 수 있었다.

직장인보다는 직업인이 되고 싶다. 내게 '워라밸'이 좋은 삶이란 근무 시간과 퇴근 시간 이후의 삶이 칼같이 분리될 때가 아니라, 내가 원하는 일을 하며 내가 나를 위해서 살고 있다고 느낄 때였다. 일주일에 25시간만 일한다고 워라밸이 좋은 게 아니라, 투잡을 하며 50시간을 일해도 정말 좋아하는 일이라면 후자가 내게는 훨씬 더 밸런스 좋은 삶이었다. 내가 좋아하고 열정을 가지고 오래 할 수 있는 일이, 그 직업란의 종착지가 지금 하고 있는 일이 아닐 수도 있다. 훗날 완전히 다른 일을 하고 싶을 수도 있지만, 그렇다면 또 얼마나 다행인가. 내가 스스로에게 끊임없이 원하는 삶에 대해 질문하고 있다는 거니까.

지금 일하고 있는 카페의 커피를 처음 마셨을 때, 나도 이런 커피를 만들고 싶다고 생각했다. 그때만 해도 나는 완전히 다른 일을 하고 있었고, 바리스타라는 직업은 내게 꿈같은 일이었다. 그런데 끝내 나는 투잡을 하며 커피를 배웠고 직업을 바꿨다. 지금은 그 풍미 좋은 원두로 직접 커피를 만들고, 손님들로부터 커피 맛에 대한 칭찬을 듣고 있다. 일하면서 채워지는 성취감은 삶에 있어 정말 큰 원동력이 된다. 그래서인지 잃어버렸던 그 마음을 되찾게 된 내가 직업을 대하는 마음은 '이 정도면 됐지'라는 척을 못 하고, 순진한 어린아이처럼 투명해지기만 한다.

한 끼의 안부

우리는 여전히 사랑하는 사람의 안부를
밥 한 끼에 덜어 묻고, 사랑하는 마음을 전한다.

◯

한국에서 직장에 다닐 때, 내가 야근을 한다고 하면 엄마는 언제나 내게 저녁을 잘 챙겨 먹으라고 말씀하셨다. 결혼 후 이제는 내가 엄마의 그 말을 남편에게 하고 있다. 서로 근무 시간이 다를 때, 혹은 약속이 있어서 식사를 따로 할 때, 나는 항상 남편에게 밥을 잘 챙겨 먹으라고 말한다. 남편은 보통 잔소리로 듣는 것 같지만. 호주에 살면서 부모님의 안부를 물을 때도 나는 항상 진지를 잘 챙겨 드시라는 말을 잊지 않는다.

자라면서 어느 순간 알게 됐다. 엄마의 "밥 잘 챙겨 먹어"라는 말은 나를 사랑하고 걱정한다는 말이라는 것을. 끼니를 걱정할 세상은 아니지만, 우리는 여전히 사랑하는 사람의 안부를 밥 한 끼에 덜어 묻고, 사랑하는 마음을 전한다.

그런데 결혼 후에는 그 한 끼가 집안일의 일부가 됐다. 요리를 아주 못하는 건 아니지만, 그렇다고 요리하는 걸 특별히 좋아하는 것도 아니다. 2주일에 한 번 한국 마트에 장을 보러 가면 피곤한 날에 때울 밀키트들도 챙겨 오고, 집에서는 저녁 한 끼만 먹다 보니 김치찌개는 한번 끓이면 사흘 동안 먹기도 한다. 요리하는 걸 즐기지는 않지만, 먹는 걸 빼고 이 모든 요리 과정에 있어 그나마 내가 가장 좋아하는 건 장보기다. 어쩌면 장보기도 쇼핑이라 재밌어하는 건지도 모르겠지만. 다양한 나라의 식재료와 달달한 간식이 가득한 마트 곳곳을 돌아다니고, 신선한 재료들을 골라 담다 보면 어느새 스트레스까지 풀린다. 장보기 다음으로 좋아하는 건 식사의 피날레, 설거지다. 신나는 음악을 들으며 팬에 묻은 기름과 오븐 판에 눌어붙은 탄 자국들을 지워 내고, 깨끗해진 그릇들을 보면 샤워한 듯 마음이 개운하다.

카페 근무를 하면 셰프들이 식사를 만들어 주는데, 어느 날 카페 메뉴 대신 특별히 토마토소스 미트볼이 나왔다. 사워도우 토스트와 함께 아기 주먹만 한 미트볼 몇 개를 진한 토마토소스에 듬뿍 얹어 주었다. 너무 맛있어서 동료에게 레시피를 물어보고 며칠 후 장을 봐서 집에서 직접 만들었다. 한 번도 써 본 적 없던 파프리카 파우더, 갈릭 파우더 뚜껑을 열 때부터 약간 즐거워지기 시작했다. 동글동글한 미트볼도 처음 만들었고, 늘 사 먹던 시판 인스턴트 토마토소스 대신, 퓌레를 끓이며 부재료를 넣고 시즈닝을 했다. 접시에 파스타와 잘 익힌 미트볼을 올리고 위에 파슬리 가루까지 뿌려 완성한 첫 토마토 미트볼 파스타. 1시간도 채 걸리지 않는, 별로 어렵지도 않은 이 요리가 왜 이렇게 즐거웠을까. 토마토보다는 크림이나 오일 파스타를 훨씬 더 좋아하고, 외식을 하거나 집에서 배달을 시켜 먹을 때도 미트볼이 들어간 건 눈에 들어오지도 않을 만큼 별로 좋아하는 요리가 아니었는데도 말이다. 그런데도 나는 이후로 몇 번을 더 만들어 먹을 만큼 이 작은 이탈리안 요리 한 접시에 꽂혔다.

일하고 학교 다니고 과제 하면서 하나에 집중하지 못하고 이것저것 바쁜 척하며 지내는 요즘, 식사는 늘 '빠르고 간단하게 해결하자'라는 생각뿐이었다. 마무리해야 할 일들을 무엇 하나 제대로 끝내지 못하는 것 같아 아쉬운 마음이 들던 때, 미트볼 파스타는 완벽하게 잘 만들어 낸 성취감의 한 접시나 다름없었다. 지금 내게 필요했던 마음이었다. 정성스레 한 끼를 준비해 오늘 하루 나의 안부를 묻고, 하루를 응원해 주는 의식과도 같은 일. 하루에 한 끼를 꼭 그렇게 해 먹지 않더라도 가끔은 새로운 요리를 만들어 보며 맛을 경험하고, 일상을 위로하는 시간이 필요하다고 생각했다. 내 마음대로 되는 게 별로 없는 날들이 많지만, 그래도 요리는 시작부터 끝까지 내 마음대로 할 수 있는 재밌는 모험과도 같은 일이니까.

머릿속은 항상 벌어진 일, 지금 하는 일, 벌어질 예정이거나 그 이후의 일들을 생각하느라 분주하다. 잘 차려 낸 밥상 앞에서는 그 분주함을 다독여 생각의 블라인드를 내리는 게 조금은 가능하다. 요리가 귀찮으면서도 막상 내가 나를 위해 정갈한 한 끼를 준비하고 보면, 내가 나를 사랑하는 게 가장 잘 드러나는 것이 바로 요리였다. 그러니 항상 요리를 할 순 없겠지만, 그래도 대충대충 식사를 때운다는 생각은 하지 않기로 했다. 남편은 출근했고, 나는 휴일인 목요일 오후. 나의 요즘은 어떤지 스스로 솔직히 물어보며, 오늘 점심은 오랜만에 차돌박이가 들어간 된장찌개를 끓여 먹을까 한다.

우정에도 유통기한이 있다면

마음의 장단이 잘 맞는 사람을 만났다면,

그 관계가 계속되는 한은

내 마음을 충실히 내어 주고 싶다.

중학교 1학년, 처음으로 라디오에 사연을 보냈고, 당시 DJ 였던 류시원의 목소리로 내 사연이 흘러나왔다.

"우정에도 유통기한이 있다면 영원으로 하고 싶다."

중학생이 되며 친구들과 다른 학교에 가게 된 이야기였다. 내 이름이 소개되자 방바닥에 엎드려서 듣다가 벌떡 일어났던 기억이 있다. 다시 듣기도 없던 시절이라 녹음조차 할 수 없었지만, 20년이 지나서도 이 마지막 문장이 또렷이 기억나는 이유는, 성인이 돼서 본 영화 〈중경삼림〉 속 "내 사랑의 유통기한은 만 년으로 하고 싶다"라는 명대사와 비슷했기 때문이다. 내 우정이든, 내 사랑이든 유통기한을 평생으로 한다는 게 쉽지 않은 일이라 더 간직하고 싶었던 말이었는지도 모르겠다.

사회생활을 하고 결혼하고 아이를 키우다 보면, 각자의 사정으로 동네 친구라는 존재는 점차 사라지기 마련이다. 동네를 좀 넓게 잡아서 서울, 부천 정도는 같이 묶는다 쳐도, 경상도와 미국, 호주는 아무래도 좀 무리니까.

아무런 조건 없이 친해졌던 학생 때만큼의 관계를 바란 건 아니었지만, 이민 생활은 만남과 헤어짐에 익숙해져야 하는 일이기도 했다. 애들레이드는 일자리가 좀 적은 편이다 보니, 대학을 졸업하거나 영주권이 나오면 20대의 젊은 친구들은 기회가 더 많은 시드니나 멜버른, 브리즈번과 같은 큰 도시로 이주했다. 호주 생활이 맞지 않거나 개인 사정으로 다시 한국으로 돌아가는 사람들도 있었고 아예 캐나다 같은 다른 나라로 다시 이민을 가기도 했다. 또래를 만나는 것도, 마음 맞는 인연을 만나는 것도 한국보다 어려웠기 때문에 가까워진 사람들과의 이런 헤어짐은 매번 큰 아쉬움으로 다가왔다. 물론 떠나가는 사람도 많았지만, 새로운 만남도 이어졌다. 잦은 만남과 헤어짐을 몇 번 겪으면서, 아예 처음부터 적당히 거리를 두고 가벼운 마음만 나누기도 한다.

그렇게 거리 두고 만난, 나를 잘 알지도 못하는 사람들이 나에 대해 평가하고 충고할 때면 상당히 기분이 나빴다. 혹은 알게 된 지 얼마 되지 않았음에도 만날 때마다 자신의 사적인 힘겨움과 억울함을 몇 시간씩 말하는 사람들의 이야기를 듣다 보면, 나도 함께 진이 빠졌다. 그러다 보니, 우유부단한 나지만 인간관계에서만큼은 내 마음을 돌아보는 일이 조금은 쉬워졌다.

정리해야 하는 관계와 내 시간을 내어 주고 싶은 관계의 선이 점점 명확해지는 것 같다. 모든 관계를 득과 실로 나눌 수는 없겠지만, 적어도 내게 계속 부정적인 감정을 일으키는 사람에게까지 애써 없는 마음을 끌어다 쓸 필요는 없다고. 정작 소중한 사람들에게까지 안 좋은 영향을 나도 모르게 쏟아 낼지도 모르니까. 인간관계의 중심 잡기는 마음의 중심을 잘 유지하는 방법 중에 하나였다.

"너는 너무 웃음이 헤퍼."
"내가?"

고등학교에 올라와 새로 같은 반이 된, 그렇게 친하지도 않았던 아이의 한마디는 괜히 나를 돌아보게 했다. 내가 그렇게 잘 웃나? 그게 잘못됐나? 마음이 상했거나 그런 건 아니었지만 "헤프다"라는 말이 그리 좋은 어감으로 들리진 않았고, 그런 표현을 직접적으로 들어 본 건 처음이었기에 말 자체로 꽤 인상적이었다. 바람만 불어도 꺄르르 웃던 열여덟 여고 생활이었으니 잘 웃었겠지 싶지만, 사실 아직도 나는 잘 웃는다.

"지은 씨, 학교 다닐 때 인기 많았죠? 아니 리액션이 너무 좋아. 친구도 분명 많았을 것 같아요."

누구는 헤프다고 했던 그 웃음이, 또 다른 사람에게는 사랑을 많이 받은 것으로 보이다니. 최근에 이런 말을 들었을 때 문득 그 아이가 생각났다. 고등학교 3년을 알고 지냈던 아이보다, 호주에 와서 3개월 만난 지인의 한마디가 내게는 더 가치 있게 들렸다.

상대를 얼마나 오래 알고 지냈는지가 관계의 의미를 정의하는 데 꼭 필요한 조건은 아니다. 관계의 깊이는 한결같다기보다, 함께한 시간만큼 얕아지기도 깊어지기도 하며 변화무쌍하니까.

그래서 친구들과의 헤어짐을 아쉬워하며 적어 내려갔던 우정의 유통기한을 나는 더 이상 영원으로 하고 싶지만은 않다. 어쩌면 조금 단단해진 머리로 우정의 지속 시간을 덜 믿게 된 건지도 모르겠다. 단지 지금 가깝게 지내고 싶은 마음의 장단이 잘 맞는 사람을 만났다면, 그 관계가 계속되는 한은 내 마음을 충실히 내어 주고 싶다.

	만	약		집		앞	에		나	무
하	나		심	을		공	간	이		있
다	면		내	가		좋	아	하	는	
아	몬	드		나	무	를		한		그
루		심	고		싶	다	.			

나로서 행복한

나날들

나는 바라던 어른이 되었을까

'나답게 살아가는 마음이 단단한 사람'

남편이 한국 마트에서 장을 보며 아몬드 스낵을 사 왔다. 민트색 코팅 위에 알록달록 네모난 사탕 같은 게 박혀 있는데, 어렸을 때 먹었던 입속에서 팡팡 터지는 캔디가 생각나는 맛이었다. 입이 심심할 때 가끔 꺼내 먹다 보면 어렸을 때 생각이 났다. 동생과 함께 손잡고 소풍 가고 운동회에 참여했던 초등학생 때부터, 점심시간이면 교복 안에 체육복을 입고 운동장을 활보하던 중고등학교 시절까지. 10대 시절을 떠올리다 보면, 자연스럽게 지금의 나는 어떤 어른이 되었는지 생각해 보게 된다.

그 당시에 30대, 40대라는 나이는 상상하는 것조차 어려운, 내게 닿지 않을 시간인 것만 같았다. 그렇게 아주아주 한참 뒤라고만 생각했던 그 시간은 생각보다 빨리 찾아왔다. 그렇다면 나는 지금, 내가 바라던 어른이 되었을까?

다 자란 사람, 또는 다 자라서 자기 일에 책임을 질 수 있는 사람. '어른'의 뜻을 처음 찾아보고 나니, 반은 맞고 반은 틀린 것 같다. 아쉽게도 키는 다 자랐지만, 마음은 아직 더 자라고 있는 것 같고, 내 선택에 책임지려 노력은 하고 있지만, 선택의 문 앞에만 서면 여전히 모르는 것투성이다.

어려서 내가 생각했던 어른은 직장에 다니고, 결혼해서 한 가정을 꾸리는 나이대의 사람이었다. 부모님과 친척을 비롯해 주변 어른들의 모습에서 가져온 어른에 대한 이미지만 있었을 뿐, '어떤' 어른이 되고 싶었는지는 생각해 본 적이 없었던 것 같다. 그럼 '바라던 어른' 대신 '바라던 내'가 되었는지 생각해 본다. 그 또한⋯⋯ 명확하지 않다. 중고등학교 생활 기록부 장래 희망란에 적어 내던 꿈만 가지고 있었을 뿐, 어떤 내가 되고 싶은지를 그려본 적은 없었던 것 같다. 나이가 들듯이 자연스럽게 크면 다 어른이 되는 줄 알았고, 남들만큼 평범하게 살면서 다 이루어지는 줄 알았다. 어려서 나에게 어른은 동화의 마지막 장 같은 거였나 보다. "그렇게 모두 행복하게 오래오래 살았습니다"와 같은.

한 해 두 해 발밑에 떨어지는 일들을 해 나가며, 사회적 정의 안에서의 어른이 되고 보니, 삶에는 명사보다 형용사가 더 많이 필요한 것 같다. 나의 역할과 위치를 정의하는 명사보다, 내 삶의 태도와 시선을 드러내는 형용사가 더 많았으면 좋겠다. 사랑하는 딸, 하나뿐인 누나, 자랑스러운 친구, 성실한 동료처럼 다른 사람들의 눈에 비친 내 모습보다, 내가 바라는 나를 정의할 단어들을 갖고 싶다.

　　예를 들면, 방송 프로그램에서 많이 나오는 괄호를 채우는 식이다.

　　나는 (나답게 살아가는) 어른이 되고 싶다.
　　나는 (유연하며 지혜로운) 사람이 되고 싶다.

　　내가 어떤 사람이 되고 싶은지, 나 자신의 이상형을 그려 보기로 했다. 내가 데리고 살고 싶은 나는 '나답게 살아가는 마음이 단단한 사람'이다. 단단해지려면 나를 잘 알아야 하고, 쉽게 무너지지 않아야 하며, 내가 가진 것들에 만족해야 한다. 또 내게 필요한 게 무엇인지, 앞으로 하고자 하는 게 무엇인지도 잘 알고 있어야 한다.

태어난 지 한 달이 지나 만난 조카는 바운서에 누워 있었다. 머리맡의 모빌에 달린 여러 귀여운 인형들은 작은 건드림에도 이리저리 크게 흔들리다 다시금 중심을 잡았다. 내 삶도 그렇게 중심을 잘 잡았으면 좋겠다. 흔들리기는 해도, 한쪽이 끊어졌다고 반대쪽마저 무너져 아예 못 쓰게 되지 않도록, 나를 지탱하는 것들을 골고루 관심 있게 보겠다는 생각을 자주 한다. 나이가 들수록 체력만큼이나 약해지는 것 같은 자존감을 위해 체력과 자존감 운동은 특히 더 많은 연습과 훈련이 필요하다. 또 사랑하는 가족들, 친구들과의 시간도 소홀하지 않도록 노력하고, 현재를 살게 하는 일에 충실하면서도 미래의 나를 위한 투자에도 게을러지지 않도록 할 것이다.

"남자가 넥타이는 맬 줄 알아야지. 어른이 된다는 건 '나 어른이요' 하고 떠든다고 되는 게 아니야. 꼭 할 줄 알아야 하는 건, 꼭 할 수 있어야지. (중략) 손가락으로 코 풀거나, 손바닥으로 땀 닦지 마. 아무 데나 턱 앉지 말고, 깔고 앉거나 닦고 앉아. 말하지 않아도 행동으로 보여 주면 그게 말인 거야. 어른 흉내 내지 말고, 어른답게 행동해."

_드라마 〈미생〉 중에서

"꼭 할 줄 알아야 하는 건, 꼭 할 수 있어야지."

"어른 흉내 내지 말고, 어른답게 행동해."

드라마를 보고 이 말이 오래 기억에 남았다. 나이는 어른이지만 '어른답게'의 '어른다움'은 많은 것들이 모호하고, 경험해 보지 않아 어른으로서도 아직 모르는 일들이 많다. 어른으로서 꼭 할 줄 알아야 하는 일에는 뭐가 있을까? 어른이 되는 것은 출제자 없는 과목이고, 교과서도 없기에 너무 어렵다. 그래도 어린 친구가 성실히 자기 일을 책임감 있게 해 나가는 모습을 보며 '어른스럽다'라고 말하는 것처럼, 적어도 삶에 대한 책임이 어른의 정의 가운데 하나인 것만은 확실하다.

거기에 덧붙이자면, 내가 어떤 사람인지 알고, 어떤 삶을 살고 싶은지 답을 알고 있는 사람이 아닐까.

나는 바라던 어른이 되고 싶어, 내게 끝임없이 물어본다.
나는 어떤 사람이 되고 싶은지.

구름이 통통해지면
그라인더 레버를 당긴다

인생의 풍미가 피어나는
한 시절은 반드시 올 테니까.

카페 오픈을 위해 오전에 출근을 하면 나는 가장 먼저 커피 머신 전원을 켠다. 머신이 준비되는 동안, 그라인더에 커피 원두를 채우고, 카운터와 벤치 위에 냅킨과 설탕, 시나몬과 초코 파우더, 커트러리 등 서비스에 필요한 것들을 준비한다. 많은 오픈 준비 업무가 있지만, 바리스타에게 가장 중요한 일은 커피 머신 세팅이다. 저울로 그라인더에서 갈아 내린 커피의 무게를 재고, 커피가 담긴 포터필터(Portafilter 커피 원액을 내리기 위해 머신에 장착하는 필터로, 손잡이가 달려 있다)를 머신에 꽂아 샷을 뽑으며 추출 시간을 확인한다.

　　커피는 온도와 습도에 예민하므로 날씨의 영향을 많이 받는다. 비가 내려 습도가 높아지면, 공기 중의 수분을 머금은 원두로 인해 커피 샷 추출 속도와 맛이 처음에 세팅한 것과 달라진다. 그래서 커피의 일정한 맛을 유지하기 위해 그라인더의 분쇄도 조절 레버를 당겨, 굵게 하거나 가늘게 만든다. 비가 내리다가 오후에 완전히 그치면, 다시 커피 맛을 보며 달라진 온도와 습도에 맞춰 원두의 분쇄 굵기를 조정하고 추출 시간도 확인하며 맛있는 커피 맛을 찾아낸다.

구름이 통통해져 날씨가 흐리거나 비가 오는 날, 그라인더 레버를 밀고 당기는 것처럼, 인생도 조정이 필요하다는 생각을 한다. 내가 찾고자 하는 커피 맛을 위해 몇 번이고 커피를 갈아서 버리고를 반복하듯이, 내가 만들어 가고 싶은 삶의 모습이 무엇인지 알아가기 위해서도 직접 시도하고 시간을 갈며 찾아가야 한다.

호주에서 일에 대해 고민하고 있을 때, 나는 가까운 지인들로부터 서로 다른 조언을 들었다.

"스트레스가 너무 심하면 근무 시간을 좀 줄여 봐. 괜히 다른 직장으로 옮겼다가 일은 더 힘들고, 지금만큼도 못 벌면 어떡해."

예전에 하던 일은 지금 하는 일보다 체력적으로도 더 힘들었고, 주급도 적었다. 그래서 상대적으로 덜 힘든 일을 시작했지만, 손님들의 컴플레인 응대가 쉽지 않았다. 그렇게 높은 시급도 아니었는데, 내가 무슨 일을 할 수 있는지도 모르는 채로 일을 관두지도 못하며 나는 지레 걱정만 하고 있었다.

"내가 너만큼만 젊었다면 이것저것 다 도전해 볼 것 같아. 젊을 때, 할 수 있을 때 많이 해 봐."

나보다 네 살 많은 언니가 다른 일도 해 보라며 별거 아니라는 듯이 말했다. 30대만 돼도 내가 얼마나 젊은지를 자주 잊는다. "이제 와서", "이미 늦었어"라는 말을 정당한 변명처럼 앞세우고, 안정적인 현재에서 벗어나는 것을 두려워했다. 변화가 필요한 건 알지만 시도하는 것에 망설이던 나를, 언니는 격려하며 등 떠밀었다.

하루 종일 비바람 거센 날씨에 그라인더 설정값을 조정하지 않고 처음 설정값을 그대로 둔다면 커피 맛은 엉망이 된다. 이리저리 변하는 맛에 한 잔도 다 마시지 못하고 커피 잔을 내려놓을 것 같다. 아무것도 안 하고 그대로 있으면 나는 그저 어제와 똑같은 고민을 내일도 하고 있을 뿐이다. 내가 하고자 하는 일과 가고자 하는 방향에 변화가 필요하다면, 당연히 설정값을 수정해야 한다. 머뭇거리지 말고.

커피 머신 세팅을 마치고, 첫 잔을 내려 맛보았다. 따스한 햇살과 선선한 바람만으로도 아침부터 기분 좋던 날, 그 모든 온도와 습도를 알맞게 머금은 커피의 풍미는 그날따라 최고였다.

오늘 내 인생의 날씨가 흐리다면, 커피 그라인더의 레버를 당기듯, 삶의 '용기' 레버를 조금 더 당겨 보자고 다짐한다. 내가 원하는 인생의 향기가 더 진해질 수 있도록. 조금씩 밀고 당기면서 사소한 결정들을 이리저리 조금씩 조정하다 보면 인생의 풍미가 피어나는 한 시절은 반드시 올 테니까.

'못 먹어도 고'라는 말처럼, 내가 잃을 게 뭐 얼마나 있겠나 싶어, 안 되면 어쩔 수 없지 라는 마음으로 이력서를 돌렸다. 그렇게 나는 서른아홉에 새로운 일을 배우고 시작했다. 새로운 자리에서 좋은 사람들을 많이 만났고, 나는 아직도 내 인생의 그라인더를 조정해 가고 있다. 삶의 풍미가 조금 깊어진 것 같다.

우산 쓰고 가면 돼요, 멋있어

날씨가 어떻든 그냥 한번 가 보는 거다.

○

2011년 10월, 처음으로 혼자 부산에 갔다. 여름에 쓰지 못한 늦은 휴가를 어디서 보낼까 고민하다, 가 보고 싶던 부산으로 정했다. KTX를 타고 부산역에 내려 근처 비즈니스호텔에 짐을 풀고 보수동 책방 골목으로 향했다. 점심시간이 지나자 교복 입은 중학생들이 몰려오기 시작했고, 여기저기서 들려오는 사투리를 들을 때마다 부산인 게 실감 났다. 책방마다 오래된 고서적부터 소설, 만화책, 종교 서적, 아동 서적, 참고서 등 몇 권이나 되는지 헤아릴 수 없을 만큼 많은 책들이 천장까지 쌓여 있었다. '모든 책은 헌책이다', '천원의 행복', '돼지 의자에 앉아 쉬다 가세요~ 우리 천천히 살아요'와 같은 서점 주인의 센스가 담긴 메시지들을 보는 재미도 있었다.

깡통 시장, 국제 시장, PIFF 거리와 자갈치 시장, 용두산 공원 등 이틀간의 짧은 여행에서 가장 기억에 남았던 장소는 태종대였다. 둘째 날 아침, 태종대에 가려고 했는데 비가 제법 내리기 시작했다. 나갈지 말지, 어디로 갈지 자꾸 호텔에서 1시간을 더 꾸물거리게 만들던 날씨였다. 끝내 정하지 못하고 호텔 방을 나오며 객실 청소를 하러 올라오시는 분께 물었다.

"제가 오늘 태종대에 가려고 하는데 비가 오네요. 혹시 다른 갈 만한 곳이 어디 있을까요?"

내 질문에 아주머니께서는 웃으며 말씀하셨다.

"가려고 했던 거잖아요? 우산 쓰고 가면 돼요, 멋있어."

이래저래 핑계가 많아지는 날들이었다. 아무리 20대라지만 몸은 지칠 대로 지쳐서, 무엇 하나 갖다 붙일 핑계만 생기면 이내 하려던 일조차 머뭇거리던. 비가 오면 비가 오니까. 일이 많으면 나는 일을 해야 하니까. 날 선 마음으로 온몸에 가시가 돋아나서는 중요한 게 이건지 저건지 헷갈리기 시작하던 때……. 조금씩 그런 내 마음을 눈치채고 있었던 것 같다. 내가, 처음으로 나의 길을 잃어버렸다는 걸. 나는 나에게 집중해야 했다. 그래서인지 이 한마디를 마음속으로 따라 해 보며 버스를 타러 갔다.

'그래, 하려고 했던 일이니까.'

비를 핑계로 내가 호텔방에서 그대로 시간을 버렸다면, 난 그토록 멋진 태종대를 만나지 못하고 돌아가서는 다음 기회만 기다렸을 것이다. 그리고 또다시 시간을 내기가 어려워 얼마 동안은 태종대를 보지 못하고 살았겠지. 평일 오전, 안개 낀 태종대는 빗소리와 새소리만 들릴 뿐이었다. 사람이 거의 없었고, 그 고요한 길 속에서 우산을 든 채 혼자 걸었다. 인도를 따라 제법 오르니 푸른 부산 앞바다가 펼쳐졌다. 가슴 벅차게 하는 절경을 보니 오길 잘했다는 생각이 들었고, 뿌듯했다.

안개 낀 길은 저 멀리까지 그 모습을 다 보여 주지 않았다. 그저 얼마만큼의 앞만 보여 줄 뿐이었다. 내가 앞으로 조금씩 걸어 나가야지만 다음 길이 어느 방향으로 뻗어 있는 건지 보였다. 걸어가 보지 않으면 모른다. 해 보지 않으면 그 '다음'에 대해서 결코 알 수 없다. 난 지금 가려고 길을 나섰으니까, 날씨가 어떻든 그냥 한번 가 보는 거다. 해가 쨍쨍하다면 그 아름다움에 감탄하겠지만, 비가 내리면 내리는 대로, 눈이 내리면 또 그 모습 그대로 보여 주는 삶은, 경이로운 풍경을 언제고 보여 줄 테니까. 마음먹은 일을 언제까지고 미룬다고 해서, 그 마음이 쉬이 사라지는 건 아니다. 결국엔 언제가 되더라도 돌고 돌아 그 일을 하게 되어 있다. 그러니 할지 말지 고민이 될 때는 일단 해 보자.

부산 여행을 다녀온 지 두 달 후, 나는 퇴사를 했다. 2년 반의 길지 않은 직장 생활이었지만, 당분간 조금 쉬고 싶다는 결심에 더 이상의 망설임은 없었다. 시작하는 것보다 그만두는 게 항상 더 겁이 난다. 그래서 그다음엔 뭐 할 건데? 계획은 있어? 쉬었다 다시 할 수 있을까? 단지 좀 쉬고 싶어서 선택했지만, 굳이 누가 묻지 않아도 일을 하지 않는 시간은 불안했다. 하지만 잊지 않으려고 했다. 들어갔다가 나온 문을 닫았으면, 다른 쪽 문을 두드리면 된다는 것을. 두드려도 그 문이 열리지 않으면 그 옆에 문을 또 노크해 보면 된다고. 내가 끌어안고 있는 게 전부는 아니다.

살고 있는 곳에서 주인이 되기를

삶의 겸손함과 생의 감사함에 대해

기도하며 하루를 시작한다.

버스를 타고 시티로 출퇴근을 할 때면, 항상 넓은 공동묘지 공원 옆을 지나게 된다. 공동묘지 앞에는 인도와 자전거 길이 있고, 그 옆으로 왕복 8차선 도로가 있다. 1800년대에 만들어진 남호주에서 가장 오래된 묘지라는데, 시티 바로 옆에 이렇게 큰 묘지가 있다는 게 처음엔 놀라웠다. 한 번도 들어가 본 적은 없지만, 수백 개의 묘지 옆을 버스 도로를 따라 지날 때면 어쩐지 시선이 간다. 한국에서 지하철을 타고 한강을 건널 때면 항상 창밖을 바라보게 되는 것처럼. 버스 좌석에 앉아 있으면 묘지 담장이 그리 높지 않아 곳곳이 잘 내려다보인다. 얼핏 봐도 100년은 더 된 것 같은 다양한 조형물과 묘비들은 저마다 다른 모양과 크기를 하고 있다. 어느 날엔 서로의 어깨에 기대어 한 묘비를 내려다보는 머리가 희끗희끗한 노부부의 모습을 보기도 하고, 또 다른 날엔 꽃다발을 들고 들어가는 가족들의 모습을 마주하기도 한다.

　도로를 사이에 두고 한쪽은 죽은 사람들의 고요한 집이, 반대쪽에는 산 사람들의 생생한 삶이 마주하고 있다. 그 앞을 지날 때마다 나는 죽음을 기억하고(Memento mori 메멘토 모리), 네 운명을 사랑하라(Amor fati 아모르 파티)는 말을 떠올린다.

　죽음은 어디에나 있고, 항상 갑작스럽다. 마트에서 귤을 사다가 한국에서 걸려 온 동생의 전화를 받았던 날이 그랬고, 출근하려고 신발을 신다가 핸드폰 너머 엄마의 떨리는 목소리를 들었을 때도 그랬다. 어제와 다름없는 평범한 날이었다. 누군가를 잃을 거라고는 생각할 수도 없는.

　호주에 건너온 지 채 몇 년 되지도 않았는데, 나는 갑작스럽게 친척 어른들의 장례 소식을 들었다. 곁에서 함께 슬퍼할 수 없어서 더 마음이 아팠고 실감 나지 않았다. 인생에서 삶과 죽음보다 중요한 게 무엇이 있을까. 100세 시대라지만, 내가, 그리고 사랑하는 사람들이 언제 서로의 곁을 떠나게 될지는 아무도 모른다. 그렇게 생각하면 보다 정직하게 삶의 우선순위가 매겨진다.

　오늘이 내 생의 마지막 날이라면, 하루 종일 매달려 있는 일이 내 삶의 전부가 되게 하진 않을 것 같다. 내게 남은 시간을 알고 있다면, 나는 사랑하는 사람들에게 하루도 빠짐없이 사랑한다는 말을 해 줄 것이고, 도전하지 못한 꿈과 하지 못한 말들을 후회만 하다가 삶과 헤어지게 만들고 싶지는 않다.

대사관에 볼일이 있거나, 시가에 방문할 때, 혹은 여행차 호주의 다른 도시에 가게 되면, 한 번쯤 '이 도시에 살면 어떨까?'라는 생각을 했었다. 영주권만 받으면 지금 살고 있는 작고 심심한 이곳을 떠나 더 큰 도시로 가 버리고 싶다는 마음을 항상 사직서 품듯이 가지고 있었기 때문이다. 내가 살고 싶은 곳은 여기가 아닌 다른 곳이고, 그곳에서 살아갈 나를 기대하며 지금이라는 시간은 참아 넘긴다고 생각하며 많은 날들을 살았다. 그러다 코로나가 심해져 남호주가 락다운되기 일주일 전, 극적으로 영주권이 나왔고, 3년이 지났지만 나는 여전히 애들레이드에 살고 있다.

어렴풋이 나도 알고 있었는지 모른다. 다른 곳이 또 다른 기회가 될 수도 있겠지만, 지금 이곳에 집중하지 못하는 마음으로는 어디서도 정착하기 어려웠을 거라고. 코로나 때문에 다른 주로 이동하는 것도 불가능하긴 했지만, 내가 좀 더 현실에 충실히 살기 시작할 때 이주하고 싶다는 마음도 자연히 사그라들었다. 살고 있는 곳에 더욱 애정이 생겼고, 가 보고 싶고, 즐기고 싶은 것들이 많아졌다. 오늘이라는 시간 위에 살며 그곳의 주인이 된다는 건, 내가 하는 일들로부터 의미를 찾고, 그 가치들로 하루를 채우는 일이었다. 사람들과 웃으며 다정한 인사를 나누고, 벌어진 문제를 해결하려 노력하고, 가족들의 안부를 묻고, 할 수 있는 일이 있음에 감사하는 것들. 그 모든 선택들이 나와 타인에게 유언이 될 수도 있다고 생각하면 나는 오로지 오늘에 집중할 수밖에 없다.

오늘 아침도 출근길 버스를 타고 무덤 옆을 지났다. 해가 짧아진 이른 아침의 분위기까지 더해 마음이 더 경건해지는 것 같다. 그곳으로부터 피어나는 삶의 겸손함과 생의 감사함에 대해 기도하며 하루를 시작한다.

마흔, 내게 다정해지는 날들

그저 나의 현재를,
지금의 아름다움을 오롯이 바라봐 주고 싶다.

○

"항상 몇 년 뒤의 내 나이를 생각하면 끔찍했는데, 막상 그

나이가 됐을 때 담담할 수 있는 건 나이를 한 살씩 먹어서인

가 봐. 그럼 그다음 나이가 그리 낯설지만은 않거든."

_영화 〈미술관 옆 동물원〉 춘희(심은하)의 대사 중

서른일곱이 되었을 때, 처음으로 나이 드는 것에 조금 슬
프고 아쉬웠다. 남편의 흰머리를 뽑아 주고 나서, 남편이 나도
봐 준다길래 묶은 머리를 풀었더니 정수리 근처에 숨어 있던
흰머리가 한 20개쯤 보였다. 목주름이 몰라보게 더 선명해졌
고, 작년까지 잘만 입던 프린트 티셔츠가 어쩐지 전과 달리 영
안 어울려 보이기 시작할 때쯤이었다. 외모에서 변화가 느껴지
자, 거울을 볼 때마다 한숨이 나왔다. 더 깊은 한숨으로 서른
여덟을 마저 보내고, 서른아홉이 되고 보니, 춘희의 대사만큼

이나 곧 마흔이라는 사실이 오히려 담담했다.

그리고 마흔이 되었다. 끝을 연상시키는 아홉이 들어간 서른아홉보다는 깔끔하게 떨어지는 발음의 명쾌함이 입에 착 붙는다. 두 번째 스무 살이라고도 하는 마흔, 첫 번째 스무 살보다 시간은 더욱 촘촘하게, 마음에는 여백을 더 두고 지내자는 생각을 한다. 벌써 마흔이니까, 30대가 얼마나 빨리 지나가는지 봐 왔으니까, 오십이 되기 전에 하고 싶었던 일들도 해 보고 경제적 준비도 더 많이 해 놓자고. 대신 마음에는 여유를 가지고 불쑥불쑥 튀어나오는 불안과 걱정들을 잘 타이르며.

이스터 연휴에 친한 언니네 가족들과 남쪽으로 2박 3일 여행을 갔다. 애들레이드에서 5시간을 차로 내려가면 빅토리아주 경계 근처에 있는 남호주에서 두 번째로 큰 도시 마운트 갬비어가 있다. 호숫가 바비큐장에서 삼겹살도 구워 먹고, 휴화산 분지에서 짧은 트레킹도 하고, 동굴 유적지도 구경하고, 사진만큼 아름다웠던 유명한 거대 싱크홀 정원도 들렀다. 그중에 가장 아름다웠던 건, 블루 레이크의 노을이었다. 커다란 블루 레이크가 한눈에 내려다보이는 근처 언덕의 벤치에 앉아서 해 지는 모습을 바라보는데 마치 영화의 클라이맥스를 보는 듯했다. 해가 넘어가는 짧은 그 시간 동안 붉은색과 주황색, 분홍빛과 푸른빛, 잘 보면 그사이 어디에 보랏빛까지 다양한 색들이 호수를 둘러싼 산자락에 걸렸다. 비슷하면서도 서로 다른 색들이 어우러져 형언할 수 없는 아름다움으로 넋을 잃고 바라보게 만드는 노을.

그런 노을에는 경계가 없다. 서른아홉의 마지막 날과 마흔 살이 되는 첫날도 삶이라는 하늘 위에 올려 두고 보면 아무런 경계 없이 아름답게 섞여 있을 뿐이다. 노을처럼, 나이의 경계가 아니라 그저 나의 현재를, 지금의 아름다움을 오롯이 바라봐 주고 싶다.

호주에 살다 보면 특유의 느긋한 생활에 익숙해져 가끔 내 삶이 뒤처지는 것 같다는 생각이 들 때가 있다. 한국에서의 치열함이 조금은 덜해서, 한국만큼 변화가 빠른 곳이 아니어서 그럴지도 모르겠다. 멋지게 자신의 커리어를 쌓고, 내 집 마련을 하고, 자녀가 유치원을 졸업하고 어느새 초등학교에 입학하는 친구들의 소식을 들으면, 나만 한없이 제자리인 것 같은 기분이 들 때가 있다. 결혼은 했지만, 내 집은 아직 없고 자녀도 없을 예정. 하지만 그렇다고 내 마흔의 성적표가 초라한 건 아니다. 직업적 성과, 결혼과 내 집 마련, 자녀 양육이라는 삶의 과목이 있는 것도 아닌데, 그런 결과로 삶의 성공 여부를 얘기할 수는 없는 거니까. 사람들은 나를 그런 결과로 평가하겠지만, 나는 내 자신을 언제나 과정으로 봐 주고 싶다.

서른아홉이 되어서 가장 아쉬웠던 건, 나이가 들었다는 것보다 다시 살지 못할 30대에 내 자신을, 내 선택과 미래를 의심하는 데 더 많은 시간을 보낸 것이었다. 영어 좀 안 된다고, 살 좀 많이 쪘다고 뭐 그리 자존감을 버리고 살았는지, 사는 게 당연히 마음대로 안 되는데 왜 그렇게 예민함을 채우고 살았는지 아쉽고 안타까웠다. 그래서 마흔의 나는 지체할 시간이 없다. 내가 원하는 것을 들어주고, 내 마음이 괜찮은지 가장 먼저 살피고, 스스로에게 질문을 하며, 내 시간에 더욱 몰입할 수밖에 없다. 그렇게 나는 점점 더 내게 다정해지고 나의 자리를 예전보다 더 존중해 주려 애쓴다. 남들이 어떤 마음으로 비교를 하든 크게 관심 갖지 않고, 내가 어떻게 이곳에 서 있는지는 누구보다 내가 가장 잘 아니까. 남들의 시선보다 나의 시선이 더 중요해지고 있다는 걸 느낀다. 그래서 40대가 나는 더욱 기대된다. 더 좋은 날들이 될 것 같다. 분명히.

원래라면 올해 마흔한 살이지만, 만 나이 덕분에 다시 마흔이 됐다. 작년에 이어 다시 맞는 마흔이다 보니, 어쩐지 공돈 생긴 것처럼 보너스 1년을 번 느낌이다. 보너스 받으면 원래 사고 싶었던 거 사는 거니까, 올해 보너스 1년은 하고 싶은 일, 재밌어 보이는 일 다 하면서 보내 보자. 아름다운 마흔!

No Stress, Noona!

"누나, 걱정하지 말고

그냥 누나의 이야기를 쓰면 돼."

○

오후 근무가 있던 날, 버스 시간을 맞추다 보니 카페에 조금 일찍 도착했다. 한쪽 테이블에 앉아 핸드폰을 꺼냈는데, 브레이크 시간이 된 매니저 마시가 식사를 챙겨 옆에 앉았다.

"누나, 뭐 해?"
"오늘 좀 일찍 도착해서 아직 시간이 남았어. 나 요새 너무 피곤해서 이제는 정말 운동을 해야 할 것 같은데 잘 안되네."

내 말을 듣더니, 마시는 가져온 샐러드를 먹으며 자신이 처음에 어떻게 운동 습관을 만들게 됐는지 얘기해 주었다.

"나는 집에서 운동을 하겠다고 마음먹었을 때, 작은 유리

병을 챙겼어. 그리고 홈트를 안 하면 그 병에 50달러씩 넣겠다고 다짐하고 매일 운동을 했어. 누나, 5시에 일 끝나면 시간 많잖아. 집에서 10분, 20분이라도 운동해."

크······. 한국말로 '누나'라고 하면서 뼈 때리는 말을 하니, 변명할 말이 없었다. 나보다 일주일에 10시간도 넘게 더 많은 시간을 일하면서도 거의 매일 헬스장 가서 운동하는 녀석 앞에서 무슨 말을 할 수 있을까. 나보다 열 살이 어린 인도네시아에서 온 마시는 내게 가장 많이 하는 말이 "No stress, Noona!"다. 항상 내게 스트레스받지 말라고 얘기하며, 카페에서 일어난 일은 퇴근하는 순간 잊어버리라고 말하는 이 녀석도 사실은 나보다 더한 쿠크다스였다. 우리 카페의 쿠크다스 원조가 마시, 또 다른 하나가 나다. 스트레스에 바스스 잘 부서져서 쿠크다스다. 그는 매니저로서 케어해야 할 일들이 많았고, 나는 들어온 지 얼마 안 된 새내기였다. 마시에게 스트레스를 어떻게 푸는지 묻자, 그는 이렇게 말했다.

"나는 내성적인 성격이라 폭발하기 전까지 모든 걸 마음에 담아 두는 편이었는데, 운동을 하면서 그게 고쳐졌어. 스트레스는 여전히 내 약점 중 하나야. 농구도 하고 헬스장에서 운동도 하지만, 내게 가장 좋은 방법은 솔직하게 표현하는 거야. 집에 가서 약혼자에게 내 감정을 솔직하게 다 얘기하고 나면 마음이 풀려.”

내가 여기에서 일하기 시작했을 때, 처음 일을 가르쳐 준 게 마시였다. “주스를 만들 때 필요한 사과와 오렌지는 이쪽 냉장고에 있어”가 아니라 왜 오렌지를 냉장고 안쪽에, 사과를 바깥쪽에 보관하는지까지 이해시키려 하나씩 자세히 알려 주던 모습을 보며 직원들을 많이 가르쳐 본 내공이 느껴졌다.

2011년에 처음 호주에 와서 맥도날드 매니저, 바텐더, 레스토랑 직원 그리고 지금 바리스타만 8년 차. 경험 많은 마시가 손님을 응대하는 모습을 보고 있으면 내성적인 성격이라고는 전혀 보이지 않는다. 단골들을 비롯해 처음 온 손님들과도 재치 있는 스몰토크를 나누고, 어려운 분위기도 긍정적으로 좋게 만드는 능력이 있는 아이다.

일을 하면서 일과 내 시간을 구분 짓고 싶어지는 건, 보통 스트레스 때문이다. 스트레스는 상사나 동료 때문일 수도 있고, 야근과 같은 가중된 업무 때문이기도 하고, 적성과 맞지 않는 일이거나 하기 싫은 일 때문일 수도 있다. 마시가 많게는 하루 10시간, 매주 6일을 일하면서도 워라밸을 즐기고 있다고 말할 수 있는 건, 지금 본인이 하고 싶은 일을 하고 있기 때문이다.

"가끔 왜 사무직을 하지 않냐고 묻는 사람들도 있는데, 나는 바리스타 일을 하는 지금이 너무 행복하고, 내가 다른 사람들도 행복하게 만들 수 있어서 좋아."

일과 삶의 경계를 두껍게 쌓고 싶게 만드는 요인들을 완전히 제거하는 건 어렵다. 그래서 그사이에 슬쩍 상관없는 루틴을 껴 넣으면, 일과 삶 이쪽저쪽을 왔다 갔다 하더라도 조금씩 그 경계를 좁힐 수 있는 것 같다. 그 루틴이 마시에겐 어려서부터 즐겼던 운동이었고, 나에게는 독서인 셈이다.

책을 쓰면서 다른 작가들 책만큼 재미가 있을지 모르겠다며 자신 없어 하자, 마시는 "누나, 걱정하지 말고 그냥 누나의 이야기를 쓰면 돼"라고 격려의 말을 건넸다. 커피를 만들고 라테 아트가 좀 못생겼다고 아쉬워하자 "아니야, 너무 예뻐. 계속 연습하면 돼"라고 응원해 주는 든든한 헤드 바리스타이자 매니저. 지금까지는 "윙가르디움 레비오사"같이 "No stress, noona!"라는 그의 주문을 받는 상대가 주로 나였지만, 이제는 가끔 내가 반사를 한다. 아무래도 비슷한 쿠크다스로서 나 역시 그의 스트레스가 보이기 때문에 그럴 땐 "괜찮아, No stress, Marci!"라고.

나만의 시간이 필요해

"일은 너에게 가장 중요한 것들을
돌볼 수 있도록 도와주는 도구일 뿐이야."

◯

"나는 정말로 카페랑 집 말고 나만의 시간이 필요해!"

필라테스를 마치고 온 샘이 말했다. 샘은 아침 7시 반에 카페 오픈을 준비하러 오는데, 어떻게 그 전에 가족들 아침을 챙기고, 필라테스 수업을 듣고, 아홉 살 딸을 챙겨 학교까지 보내고 이 시간에 올 수 있는 걸까? 이른 아침이라 대충 팩트를 바르고 눈썹만 그리고 나가는 나와 달리, 샘은 매일 완벽한 헤어스타일링과 메이크업이 기본이다. 사장님 샘은 정말 슈퍼우먼이다.

"내가 필라테스를 시작한 건, 한동안 몸이 좋지 않아서였어. 검사하러 갔더니 의사가 내게 심장 질환이 있는 것 같다고 해서 이런저런 검사도 많이 받았는데, 내 몸이 스트레스 때문에 많이 쇠약해지고 예민해졌다는 걸 깨달았지. 그래서 삶을 다시 즐길 수 있도록 가능하면 하루에 1시간이라도 나 자신을 위해 시간을 가져야겠다고 결심한 거야. 솔직히 말하면, 그 시간이 나를 완전히 바꾸어 놓았어. 예전에는 영화를 보며 스트레스를 풀려고 했는데, 필라테스를 시작하고 나서는 수업 끝나고 나서 기분도 너무 좋고, 신체적으로도 유연해져서 일할 때도 여러모로 도움이 많이 되는 것 같아. 스트레스도 예전보다 훨씬 더 잘 다스리게 됐고, 마음도 차분해졌어. 다행히 건강도 좋아져서 지금은 괜찮아."

"근데 어떻게 그 많은 일들을 다 할 수 있어? 아침에 카페 나와서 일하고, 오후에 퇴근하고서도 카페에 필요한 디저트랑 따로 주문받은 케이크들도 직접 다 만들잖아. 대학생과 초등학생 자녀 둘도 케어하면서 시간 내서 운동까지 다니는데, 그게 가능해?"

"제니, 그건 내가 해야만 하는 일이니까. :)"

"나도 알지. 그렇지만 나는 가끔 내 몸 하나 챙기는 것도 힘든데, 넌 정말 대단한 것 같아서."

샘은 평소 위클리 플래너와 데일리 플래너를 쓰면서 모든 일정을 체크하고 소화한다. 케이크 주문, 미팅과 같은 카페 일이나 병원 예약, 아홉 살 딸의 방과 후 활동부터 여가 시간에 할 일들을 다 적어 두는데, 그중에 가장 우선으로 생각하는 건 가족과 카페 일이다. 샘은 좋든 싫든 삶의 일부인 스트레스를 동기부여 하는 데 이용하려는 편이라고 했다. 아침 5시에 일어나서 밤 11시에 잠자리에 들기 전까지 계획한 일들을 다 끝내고 나면 성취감도 있고, 스트레스도 풀린다고 한다.

카페의 유일한 40대 동지이자, 인생 선배인 샘을 옆에서 보고 있으면 정말 대단하다. 그녀를 떠올리면, 카페 벤치 한쪽에서 에어팟 끼고 전화하며 초콜릿케이크를 만들고 있는 모습이 제일 먼저 생각날 정도로 카페 일과 가정일로 바쁘다. 퇴근할 때 항상 뭔가를 두고 가서 금세 다시 돌아오곤 하는 약간의 덜렁미도 있지만, 워킹맘으로 모든 걸 다 해내는 그녀가 존경스럽다. 샘이 말한 '나만을 위한 하루의 1시간'. 나는 그보다 많은 시간을 가지고 있으면서도 내 삶은 어쩐지 그녀보다 훨씬 불균형인 것 같다.

"10년 전이면 가족과 일 모두 중요하다고 했겠지만, 지금은 내 인생에서 남편과 아이들이 가장 중요해. 제니, 일은 너에게 가장 중요한 것들을 돌볼 수 있도록 도와주는 도구일 뿐이야. 난 아이들이 자기 할 일을 잘하고, 원하는 걸 성취했을 때 정말 기분이 좋고, 나 스스로도 정말 만족스러워."

일(work, career)을 도구(tool)라고 말하는 샘의 말에 조금은 머리를 얻어맞은 것 같았다. 일은 내 삶에 있어 가장 큰 그림이었고 결과여야 했다. 지금 하는 일에 대해서 고민하거나, 앞으로 무슨 일을 하고 싶은지에 대해 생각하는 건 숨 쉬는 것만큼이나 자연스럽고 일상적인 일이었다.

그녀에게 삶의 도구일 뿐인 일에 대해서 나는 하루의 가장 많은 시간 동안 끌어안고 생각하고 있다. 일을 어떻게 가치 있게 쓸 것인지 고민하는 것도 물론 중요하다. 하지만 다른 것들을 생각하는 시간에 비하면 일을 생각하는 데 쏟는 시간은 너무나 압도적이었다. 툴이라는 단어가 어쩐지 과제 제출을 위한 파워포인트나 엑셀을 생각나게 하기도 했고, 물건이 고장 났을 때 필요한 드라이버를 떠올리게도 했다.

일은 분명히 삶의 가장 큰 과제 중 하나이고, 인생이 잠시 고장이 났을 때 꺼내서 고칠 수 있는 가장 효과적이고 믿음직한 드라이버가 된다. 샘에게 그 툴의 기능은 명확했다. 두바이에서 그녀는 글로벌 매거진의 출판팀을 이끌던 리더였고, 경영학 석사 과정을 마친 후에는 한 프렌차이즈 에이전시에서 마케팅 총괄 부사장으로 지금보다 더 바쁘고, (지금도 충분히 성공한 것 같은데 그녀의 말에 의하면) 더 성공한 커리어 우먼이었다. 호주에 와서는 이민자로서 정착하기 위해 더 전력으로 일했다. 그러다 샘과 남편 모두 건강이 나빠지며 삶의 우선순위는 바뀌었다.

내게 삶의 균형에 대해 가장 많은 생각을 하게 만드는 우리 다정한 보스. 한 달에 한두 번, 샘은 금요일에 직원들을 위해 특별한 요리를 만든다. 비프 라자냐, 치킨 크림 파스타, 멕시칸 타코. 이번 주에는 그녀의 고국인 이집트의 전통 음식을 해 준다고 해서 또 얼마나 맛있을지 모두 기대하고 있다. 요리도 잘하고 유머러스하기까지 한 그녀의 삶은 그녀만큼이나 아름답다.

불편함이 편해질 때까지

서로 조화로울 수 있는 아름다운 식탁을

한 주 만들어 볼까 한다.

○

　영이 언니와 지척에서 서로 가게를 마주하고 일하던 시절, 퇴근길에 인사하러 들른 언니가 갑자기 "이제부터 베지테리언이 되겠다"라고 했다. 불과 지난달에 언니네 집에서 같이 바비큐 파티를 했는데 갑자기 베지테리언? 언니의 뜬금없는 선언과도 같은 고백에 왜 그런 생각을 하게 됐냐고 물었다. 우연히 넷플릭스 다큐멘터리 〈몸을 죽이는 자본의 밥상(What the Health)〉을 보고 난 후 육류 섭취에 관한 생각이 완전히 바뀌게 됐다고 했다. 그러면서 내게 영상을 꼭 보라며 추천해 주고 갔다. 며칠 후, 영상을 보았을 때 나는 평생의 식습관에 배신당한 기분이 들었다. 다큐는 히포크라테스의 말로 시작한다.

　　음식이 곧 약이고 약이 곧 음식이어야 한다.
　　Let Food Be Thy Medicine and Medicine Be Thy Food.

다큐를 만든 감독은 가공육이 1군 발암 물질, 붉은 고기가 2군 발암 물질이며 당뇨는 전형적인 고기 위주의 동물성 식단 때문에 발생한다는 것을 의사들의 인터뷰와 조사를 통해 밝혀냈다. 유제품은 다양한 암 발생률을 증가시키며, 뼈 건강에도 도움이 되지 않는다는 것. 공장식 축산으로 인해 야기되는 환경 오염과 질병들도 고발했다. 특히나 충격적이었던 건 그 모든 걸 알면서도 묵인하고 서로 긴밀히 협조하며 움직이는 미국 정부와 건강협회, 그리고 의료와 제약업계의 로비들이었다. 영상을 보면서 갖게 되는 머릿속의 의문들을 감독이 증거와 인터뷰로 하나씩 풀어 주니, 의심은 점점 확신이 됐다.

한 번쯤 생각은 해 봤지만 가까이에서 들여다본 적 없는 문제들이었다. 나와는 상관없는 일인 양 살았지만, 외면해서는 안 될 내용들이었다. 육식만이 가진 영양소가 있을 거라는 생각, 채식만으로는 건강할 수 없다는 생각에 대한 시선이 달라질 수밖에 없었다. 다양한 한식을 먹던 한국에서 보낸 시간과 달리, 호주에 와서는 더 많은 육류와 가공육, 유제품들을 거의 매일 먹었다. 소고기 500g이 오징어 한 마리보다 저렴하고, 가공육은 반찬 하기 편해서 장 볼 때마다 샀다. 요구르트와 우유는 뼈 건강을 위해 꼭 먹어야 하는 거라고 어려서부터 배웠고, 항상 채소도 함께 섭취하니 육류를 그렇게 자주 먹으면서도 몸에 크게 나쁠 거라는 생각은 하지 못했다. 그렇게 충격을 받았지만, 무엇보다 채식을 결심하게 된 결정적인 이유는 언젠가부터 점점 심해지기 시작한 생리 증후군 때문이었다. 그날쯤이 되면 어김없이 소화 불량과 두통, 어깨 결림이 너무나 심해져 결근이나 조퇴를 해야 하는 날들이 잦아졌다. 그게 생리 증후군이라는 것도 아프면서 알게 됐다. 골다공증과 당뇨가 심하던 환자들이 완전 채식 2주 만에 병이 급격히 호전되었다는 인터뷰를 보면서 이런 나도 나아질 수 있을지 내 몸으로 확인하고 싶었다.

우선 식탁에서 육류와 계란, 유제품을 치웠다. 자연식물식을 철저히 지켜 가며 먹은 지 한 달이 되자, 정말 신기하게도 그 모든 증상이 사라졌다. 몸무게도 2킬로그램이 줄었고, 밤마다 저리던 다리도 나아졌고, 10시간을 자도 피곤하던 몸이 점점 가뿐해졌다. 설마 정말 채식 때문인 건지 신기하기도 하면서 의심도 들었다. 2개월이 되었을 때 나는 확신했다. 생리통은 반나절 있었지만, 약을 먹어도 호전되지 않던 생리 증후군 증상들이 완전히 사라졌다. 그것만으로도 건강한 채식을 계속해야 할 이유가 충분했다.

이후로도 한동안 채식을 하긴 했지만, 솔직히 지금은 그때처럼 철저한 채식을 하지는 않는다. 건강해진 몸으로 나는 조금씩 좋아하는 해산물을 먹기 시작했고, 치킨을 한두 번씩 먹다 보니 다시 육식 밥상으로 돌아왔다. 핑계를 대자면, 남편의 도시락을 싸야 하고, 할 줄 아는 채식 요리가 별로 없는데 같은 것만 먹고 싶지는 않으니, 메뉴를 찾아야 하는 번거로움도 있었다. 또 지인들과 식사 자리가 있으면 쉽게 무너졌다. 그리고 기름지고 자극적인 게 당기는 날도 분명히 있으니까. 건강을 위해 운동해야 한다는 걸 알면서도 귀찮아하듯이, 채식이 좋은 걸 알면서도 편하고 익숙한 밥상으로 되돌아갔다.

다만, 비건을 해 보며 식습관의 균형에 대해 생각할 수 있었다. 그동안 지나치게 육류에 치우쳐 있어 메뉴에서 쳐다보지도 않던 비건 옵션들에 관심을 갖게 됐고, 채식에 관한 책과 정보들을 진지하게 찾아보기 시작했다. 마치 다른 나라를 여행하는 기분이었다. 베지테리언 이벤트, 비건 페스티벌이 열리면 (물론 맛있는 비건 음식들을 먹으러 가는 거지만) 그곳에 모인 사람들의 메시지를 이해할 수 있게 됐다. 채식을 하면서 알게 된 맛있는 비건 카페와 음식점이 생겼고, 내 건강뿐만 아니라 지구의 건강에 대해 생각하는 시간도 많아졌다.

그리고 짧은 채식 도전을 통해 채식이 내 건강에 더 잘 맞는다는 걸 경험하고 나니, 유난히 육식을 자주 했다거나, 몸이 무겁다고 느껴질 때면 다시 채식을 해야겠다는 생각이 든다. 채식의 이로움을 알고 나서 나 역시 언니가 내게 그랬듯 가족과 가까운 지인들에게 채식을 권했다. 그럴 때면 오히려 내 건강을 걱정하는 말들을 훨씬 많이 들었지만, 나와 타인의 불편함이 자연스럽고 편해질 때까지 비건식, 자연식물식은 언제고 다시 도전해 볼 생각이다. 완벽한 비건이라는 약간의 부담감을 내려놓고, 식탁 위의 균형을 잡을 수 있도록 유연하게 하루에 한 끼, 혹은 일주일에 3~4일 만이라도. 나는 유당 불내증이 있어 유제품이 몸에 안 맞지만 배가 아플지라도, 약을 먹고서라도 먹고 싶을 만큼 요구르트와 치즈, 우유를 엄청 좋아했다. 내 입이 좋아하는 것과 몸이 좋아하는 것이 다른 데서 오는 안타까움이 컸는데, 채식과 관련된 많은 영상과 책을 접하며 생각했던 것만큼 유제품군이 몸에 이로운 건 아니라는 걸 알고 나서, 나는 미련 없이 마트에서 유제품 코너를 지나간다. 물론 항상 건강에 좋은 것만 먹는 건 아니지만, 섭취량을 현저히 줄일 수 있었다. 또한 고등학교 2학년 때부터 과민한 장 때문에, 심할 때는 저포드맵(FODMAP 포드맵이란 장에서 잘 흡수되지 않는 발효성 당 성분으로, 고포드맵 식품은 과민성 장 증후군을 악화시킨다) 식품들로 만든 식사를 했다. 그 결과 과식보다는 잦은 소식이 내 체질을 다스리는 데 도움이 된다는 걸 알게 되었듯, 채식 또한 내 몸에 맞는 식습관을 찾아가는 과정에서 갖게 된 방법이라고 생각하면 한결 실천하기 쉬워진다.

남편이 퇴근길에 있는 마트에 들러 오늘도 고기를 잔뜩 사 왔다. 육식과 채식의 전쟁 같은 식탁이 아니라, 어느 한쪽으로 치우치지 않는, 서로 조화로울 수 있는 아름다운 식탁을 한 주 만들어 볼까 한다.

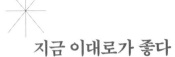

지금 이대로가 좋다

귀여운 할머니, 할아버지가 되는 상상을 해 본다.

매주 화요일은 쓰레기통을 내놓는 날이다. 바닥에 바퀴 달린 초록색 쓰레기통을 끌어다 집 앞에 내놓으면 일주일에 한 번 수거차가 와서 비워 간다. 쓰레기를 내놓을 때마다 둘이 사는데 무슨 쓰레기가 이렇게 많이 나오나 싶다. 집에 놀러 오는 사람도 없는데, 수저와 컵과 접시도 4인 가족 이상은 되는 것 같다. 그런데 또 한편으로는 둘만 사는 집은 어느 정도를 가져야 적당한 건지 그 기준 또한 애매하기도 하다.

우리는 결혼 9년 차 딩크 부부, 2인 가족이다. 처음 계획은 3년 만이었다. 영주권도 없는 불안한 해외 생활에서 아이를 갖는다는 게 부담스러워 영주권이 나올 때쯤으로 미뤄 둔 것이었는데, 3년이 5년이 되어 가는 동안 둘만의 생활에 너무 익숙해졌고, 아기를 언제 가져야 하는지에 대한 고민은 자연스럽게 자녀 없는 삶을 사는 것으로 마음이 굳어졌다. 그리고 아직까지 너무 만족스럽다.

한국이었다면 "그래도 아이는 있어야지"와 같은 지나친 염려 혹은 간섭의 말을 많이 들었을지도 모르겠다. 호주에 온 지 3년 만에 동생의 결혼식 때문에 한국에 들어갔다가, 친척 어른들을 만난 자리에서 나는 그 3년 치를 다 몰아서 들은 기분이었다. 하지만 호주에 살면서는 가까운 사이에서도 그런 이야기를 들어 본 적이 없다. 개인적인 선택으로 생각해 상대를 존중하는 것일 수도 있겠지만, 오히려 자녀를 둔 사람들에게서 가장 많이 듣는 이야기는 "You're so lucky!" 혹은 "부럽다"거나 "잘한 결정"이라는 말이었다.

또래의 다른 나라 사람들과 이야기하다 보면 자연스럽게 결혼과 자녀 이야기도 하게 되는데, 모두가 그런 건 아니지만 동양인도 서양인도 다들 생각이 비슷했다. 아이를 낳으면 집을 언제 살 수 있게 될지 몰라서, 어린 나이에 너무 일찍 성과 범죄에 노출되는 세상이라서, 혹은 결혼과 출산보다는 자유로운 삶이 더 좋아서 아이 가질 생각이 없다고들 했다.

그럼에도 호주 어디에서나 두세 명은 평범하고 많게는 다섯 명이나 되는 자녀를 데리고 나온 부모들 또한 많이 마주친다. 아이들을 보고 있으면 너무 사랑스럽고 귀여워서 가끔 우리 아이는 어떤 모습일지 상상해 본 적도 있다. 하지만, 이내 그 작은 존재와 함께 오게 될 우주만 한 책임의 무게가 무겁게만 느껴져 이내 절레절레하게 된다.

우리는 아이도 없지만 반려동물도, 흔한 반려 식물 하나도 키우지 않는다. 집 계약서에 No Pet이 조건으로 명시되어 있기도 하지만, 키우고 싶을 만큼 동물을 좋아하지도 않는다. 언젠가 작은 고무나무 화분을 하나 들이기도 했지만, 한국에서 다육이도 잘 못 키우던 나인데 호주라고 달라지지 않았다. 그래서 우리 집에는 아이도, 동물도, 식물도 하나 없이, 우리 부부와 물건들만 있다. 그래도 아직은 단점 하나 없는 무자녀 기혼 가정인데 10년, 20년이 지나면 이 생각이 바뀌지는 않을까? 그래서 초반에는 쿨하게 딩크라고 말하면서도 블로그나 유튜브에서 '딩크족 후회' 같은 걸 검색한 적도 있다. 어차피 그때 후회해도 늦은 일이지만, 오십의 딩크, 육십의 딩크가 된다고 해도 타의가 아닌 우리의 선택이었으니, 지금으로서는 크게 아쉬워하지는 않을 것 같다.

누군가 아이 있는 삶을 선택하는 것처럼, 아이 없는 삶을 선택하는 사람들도 있을 뿐, 꼭 자녀를 낳아 양육하는 것이 결혼의 완성은 아니라고 생각한다. 아이를 키우면서 갖게 되는 엄청난 행복을 우리는 평생 모르겠지만, 둘이서만 평생 함께 사는 자유로움을 자녀가 있는 사람들 역시 겪어 보지 못할 테니까.

흰머리가 예쁘게 물든 노부부가 함께 손잡고 다니는 모습을 자주 본다. 나의 할머니와 할아버지에게서는 한 번도 본 적 없었던, 아니 더 가깝게 엄마와 아빠가 손잡고 가는 모습도 한 번도 본 적이 없었기에 다정한 노부부의 모습은 볼 때마다 사랑스럽다. 우리도 저렇게 나이 들자고, 할머니, 할아버지가 되어서도 손 꼭 잡고 다니자고 말하면 "그럼~" 하고 손을 더 꼭 잡아 주는 남편. 둘이서 함께하고 싶은 것들이 아직도 많아서 심심하지는 않을 것 같다.

귀여운 할머니, 할아버지가 되는 상상을 해 본다.

내가 지키고 싶은 삶의 밸런스

일은 내가 돈을 버는 수단이지만
내 자아를 실현시켜 주는 것이기도 했다.

○

 나는 요즘 들어 보통 일주일에 하루, 목요일에 휴무를 보낸다. 쉬는 날이면 지인들과의 약속을 잡거나, 미뤄 뒀던 집안일을 하거나, 하루 종일 집에서 뒹굴거리며 넷플릭스도 보고 책도 읽는다. 하지만 쉬는 날 가장 좋아하는 일은 카페 투어다. 읽을 책을 챙겨 가 보고 싶었던 곳, 새로 문을 연 곳, 혹은 좋아하는 카페에 가서 1시간쯤 시간을 보내다 온다. 커피 맛에 대해 더 공부하고 싶은 마음으로 다른 카페들도 부지런히 다녀 보지만, 나는 원래 카페라는 공간을 좋아한다.

 커피 내리는 향기와 함께 적당한 음악 소리와 대화가 섞여 들리면서, 머리도 환기해 주는 이국적인 공간. 주말에 짧게 멜버른 여행을 하면서도 가장 하고 싶었던 일은 멜버른 커피 삼대장이라 불리는 카페들의 커피 맛을 보는 일이었다. 카페 비즈니스를 할 것도 아니면서 어떤 원두를 쓰는지, 다른 바리스타가 만드는 커피 맛은 또 얼마나 다른지 궁금했다. 일하는 동안 카페에서 종일 커피를 만들고서도 퇴근 후 집에 오면 또 다른 커피를 만든다. 갖가지 맛의 원두를 사서 콜드브루를 만들어 마시고, 믹스커피도 자주 즐긴다. 커피를 마시면서 커피에 대한 영상들을 본다. 다른 바리스타들의 커피 만드는 모습, 일본이나 이탈리아 같은 다른 나라의 커피 문화에 관한 이야기, 특이한 커피 메뉴들을 보고 있으면 커피가 더 재밌어진다. 근무 시간에 만드는 커피는 일이지만, 퇴근 후에 만드는 커피는 취향을 담은 취미 중 하나가 된다. 나는 하루 종일 바리스타인 셈이다.

한국에서 출판사를 다닐 때나, 호주에서 바리스타로 일하고 있는 지금도 취미가 일이 됐고, 일이 취미가 되어 버렸다. 사람의 본성은 어찌 안 되나 보다. 나는 내가 좋아하는 일을 열심히 따라다녀야 삶에 더 몰입할 수 있고, 훨씬 농도 깊은 행복을 느낄 수 있는 사람이었다.

한국에서의 직장 생활을 정리하고 호주에 와서 한참 자리 잡으려 노력하던 2015년, '워라밸(Work and Life Balance)'이라는 말을 처음 들었다. 일과 삶의 분리, 퇴근 후에 보장되는 개인 시간 추구 등의 의미를 담고 있는 말이었다. 워라밸을 추구하는 사람들도 분명히 있고, 나 또한 처음에는 그게 중요하다고 생각했었다. 명시되어 있지만, 항상 지켜지기 어려운 퇴근 시간. 주말 행사와 퇴근 후 회식까지, 근무는 밤늦게까지 연장되곤 했으니까. 하지만 호주에서 많게는 일주일에 50시간 이상, 적게는 25시간 일하면서 알게 됐다. 내게는 근무 시간의 양보다 그 일이 내게 가져다주는 삶의 가치가 훨씬 중요하고 의미 있다는 것을. 하루 중 가장 많은 시간을 일하면서 보내는데, 일하는 시간이 행복하지 않다면 아무리 일과 삶이 분리된다고 해도 내게는 오히려 공허하게 느껴지기만 했다. 내가 하기 버거운 일은 주 3일만 일하며 극강의 워라밸이 지켜진다고 해도 만족스럽지 않았다. 반면, 좋아하는 일은 40시간, 50시간을 해도 오히려 매일 에너지가 넘쳤다. 일은 돈을 버는 수단이지만 내 자아를 실현시켜 주는 것이기도 했다.

워라밸의 삶의 방식을 좋아하는 사람도 있고, 워라블(Work and Life Blending)이 맞는 사람도 있고, 또 누군가는 그 두 가지를 융합한 적당한 조화와 분리가 편한 사람도 있다. 워라밸, 워라블과 같은 사회에서 만들어 낸 용어에 갇히기보다는, 자신의 상황과 성향에 맞는 삶의 방식에 따라 살아가면 된다.

　　지금 내가 좋아하는 일을 하고 있다고 해서, 관심과 취미가 업이 되었다고 해서 일과 사생활을 전혀 분리하지 않는 건 아니다. 사실 카페에서 근무하기 때문에 퇴근하고 나면 더 이상 일에 대한 연락을 받을 일은 없다. 하지만 나만의 업무용 액세서리들을 바꾸는 것으로 일과 개인 생활을 나름 구분 짓는다. 집에 오면 유니폼처럼 입는 블랙 상하의를 갈아입는 것뿐만 아니라, 일할 때만 착용하는 스마트워치와 볼 팔찌를 풀어 놓는다. 베이커리에서 일하는 남편이 위생 규정상 시계를 찰 수 없자, 안 쓰고 있던 스마트워치를 내가 대신 근무용으로 사용 중이다. 외출할 때 시계를 차는 게 어려서부터 가진 습관이었는데, 평소에도 똑같은 시계를 착용하면 꼭 일하러 가는 기분이 들어서, 그때는 내 작은 스마트워치로 페어링을 다시 한다. 또, 아끼는 팔찌를 착용하고 싶지만 일할 때는 불편한 디자인이라, 근무할 때만 쓰는 비즈 볼 팔찌도 갖고 있다.

　　근무할 때 쓰는 것들을 퇴근 후에 벗어 두는 작은 행동은 일을 하면서 있었던 일을 털어 버리는 의식과도 같다. 마치 밤 10시면 핸드폰이 다크 모드로 바뀌는 것처럼, 내 시간의 모드도 바리스타 제니에서 개인 생활자 모드로 바뀌는 기분이 든다. 여전히 커피를 사랑할지라도.

"내 라이프 스타일은 이래"라고 꼭 정의 내릴 필요는 없지만, 자신의 성향에 어떤 게 맞는지 알고 있을 필요는 있다. 내가 일과 개인 생활 사이의 균형을 어떻게 잡을 때 가장 만족스럽고 행복한지 안다면, 워라밸을 지키지 못해서 불행하다고 생각할 필요도, 워라블을 추구하면서 혹여라도 워커홀릭이라 자책할 일도 없기 때문이다. '좋아하는 일'과 '그냥 일'인 일들을 해 보며 깨달은, 내가 지키고 싶은 삶의 밸런스는 덕업일치다. 좋아하는 일을 하면서 삶의 의미를 찾고, 그 가치가 세상에 이롭기를 바란다. 뛰어나지 못해서 남들만큼 하려면 더 오랜 시간이 걸릴지라도, 그 일을 통해 얻는 기쁨과 행복은 굳이 다른 사람들과 비교할 필요가 없다.

하루를 힘껏 만나다

누구나 알고 있다.

지금 이 순간은 다시 오지 않는다는 걸.

○

　　오래전에 만들어 놓은 블로그가 있다. 블로그 이름은 '삶은 여행', 닉네임은 '생활여행자'였다. 인생은 긴 여정이니, 그 속의 익숙한 일상에 대해 지루해하지 말고, 여행자처럼 즐기며 살자는 의미에서였다. 그래서 나는 자주 블로그에 사진과 글로 일상의 생기들을 남겼다. 출근길을 응원해 주는 벚꽃과 파란 가을 하늘, 1호선 타고 다리 위를 지날 때면 항상 고개 들어 바라보던 한강의 모습, 다이어트 식단, 엄마와의 인사동 데이트, 아빠가 보내 준 강원도의 눈 가득 쌓인 풍경, 동생의 군대 면회 사진 등을 비공개와 공개 글로 기록해 나갔다. 그렇게 일상의 권태로움을 정기적으로 털어 주고 싶었다.

　　하지만 일상을 견뎌 내는 인내력이 바닥이 나자, 끝내 권태로움은 찾아오고 말았다. 호주에서 몇 년을 지내다 어느 날

엔가 한국에서 함께 일했던 동료와 톡으로 이야기를 나눴다. 이곳에서의 삶에 회의감을 느낀다는 내게 그녀는 덤덤히 몇 마디를 건넸다.

"인생은 어찌 될지 모르니, 지금의 우아함과 소박함을 부디 마음껏 누려 두기를요! 분명히 나중에 그리워질 시간일 거예요. 언젠가 치열해질 날에 대비하자고요!"

과연 언젠가 지금을 그리워할 날이 올까 의심이 됐다. 내가 여기서 뭘 하고 있는 건가, 자주 그런 생각이 들던 때였다. 처음 느끼던 낯섦은 충분히 일상화가 되었고, 매일같이 책임져야 할 일과가 있으니 일상을 낯설게 보는 일이 쉽지만은 않았다. 더 이상 여행자가 아닌 생활자가 되고 나니, 때때로 지루함과 지겨움과 지긋지긋함이 묻어났다. 그럴 때면 나는 습관처럼 핸드폰을 꺼내 사진을 찍었다. 줌을 한껏 당기기도 하고, 광각으로 더 넓게, 한껏 포커스를 당겼다 밀었다 하며 찍었다. 새벽 출근길의 깜깜한 거리 속 가로등, 호숫가를 산책하면서 만난 저녁 러닝을 하는 사람들의 긴 그림자. 버스가 신호에 정차해 있는 동안에 비 내리는 창밖을 일부러 더 뿌옇게도 찍어 본다. 모든 걸 저장해 두지는 않지만, 그렇게 별것 아닌 순간의 사진을 찍다 보면, 마음의 시선이 조금은 달라져 갔다. 가까이에서 혹은 멀리서, 옆에서 뒤에서 그 일상의 지루함을 바라보다 보면 '사는 게 왜 이렇게 재미없을까'라는 흑백 같은 마음에 흥미로운 색깔이 한 장 한 장씩 입혀졌다. 마치 셀로판지를 한 장씩 그 위에 올리는 것처럼. 신기한 건, 무엇을 찍든 사진 속에 내가 없더라도 그걸 찍을 때의 내 마음이 함께 기록된다는 점이다. 사진첩을 넘기면서 '그래도 나쁘지 않네'라는 작은 위안 한 조각을 발견하게 되는 걸 보면, 지금 이 순간을 잘 살고 있는 내가 조금은 기특해진다.

사진 찍는 것만큼이나 쓰는 것도 좋아한다. 그래서 몇 권의 노트를 가지고 있는데, 책이나 영화를 보고 나서 종종 쓰는 필사용, 이런저런 끄적임이나 생각들을 적어 두는 기록장, 먼슬리와 위클리 플래너 등이 있다. 그중에 가장 자주 꺼내는 건, 《하루 한 줄, 5년 다이어리(One Line A Day: A FIVE-YEAR MEMORY BOOK)》다. 올해 1월 1일부터 12월 31일까지의 일기를 다 쓰면, 다시 첫 장으로 돌아와 그 아래에 새해 일기를 쓸 수 있는 형태다. 같은 날짜의 5년 기록을 남길 수 있다는 게 흥미로워서 지난해 멜버른 여행을 갔다가 한 서점에서 샀다. 그때부터 쓰기 시작해 꼬박 1년이 조금 넘은 지금, 일기장을 펼치면 작년의 나를 만날 수 있다. 무슨 일이 있었고, 그때의 내 마음이 어땠는지를 조금은 선명하게 복기할 수 있다. 그러다 보니 점차 나쁜 일들은 기록하고 싶지 않아졌다. 처음에는 기분 나쁜 일, 이해 안 가는 일, 누군가에게 말하지 못하는 온갖 솔직한 감정들을 쏟아냈다. 하지만 그 아래 새로운 일기를 쓰면서, 1년 전의 일기를 다시 읽어 보면 마음이 별로 좋지 않았다. 아무리 나만 보는 일기라지만, 거기에 '짜증 났다'라고 남기면 결국 그 짜증을 1년 후의 내가 다시 읽어야 했다. 그래서인지 감정 쓰레기통 같던 처음의 일기는 점차 감사 일기의 형태로 바뀌어 갔다. 오늘 특별히 좋았던 일, 잘 마무리해서 기뻤던 일, 듣고 기분 좋았던 말, 무탈해서 감사한 마음 등……. 쓰다 보면 나를 격려하고 응원하는 메시지들이 늘어났다. 오늘의 나를 위한 긍정적인 말을 쌓아 두다 보면 1년 후, 그 아래에 새로운 일기를 쓰고 있을 나도 더 행복해질 수 있지 않을까.

일기를 매일 쓰지는 못한다. 피곤한 날은 건너뛰기도 하고, 기록의 의무감으로 중요했던 일과만 달랑 몇 줄 남기기도 한다.

하지만 이 작은 여섯 줄의 하루 일기는 좋은 연습장이 되고 있다. 일상의 권태로움을 더는 연습, 사소한 순간에서 감사함을 발견하는 연습, 좋은 걸 생각하면서 좋은 하루를 만들어 가는 연습을.

누구나 알고 있다. 지금 이 순간은 다시 오지 않는다는 걸. 아름다운 추억을 함께한 이들과 훗날 같은 장소를 찾아도 그건 또 다른 순간이고, 새로운 추억일 뿐이다. 지나가 버린 그때와 결코 같지 않다. 오늘이 좀 지루했다는 건 무탈했다는 말이다. 오늘 안 좋은 일들만 생겨 기분이 매우 언짢았더라도 그중에 분명 한 가지 배울 일은 있었다. 이제 나는 믿는다. 분명, 지금을 그리워할 날이 올 거라는 동료의 말을. 그래서 내 마음의 형편을 내게 이롭게 바라보는 연습을 하며 힘껏 즐기려고 노력 중이다.

자꾸 선을 넘는 연습

나이를 비롯한 내가 가진 숫자들을 살짝 지워 본다.
내 키와 몸무게, 통장에 있는 자산,
경력 등의 기록을 지우고 남는 내 모습은 무엇인지.

○

　　오후에 시력 검사를 하고 왔다. 카페 맨 끝에 있는 테이블 넘버가 언젠가부터 흐릿하게 보이고, 잘 읽히던 메뉴판이나 도로 표지판 글씨들도 인상을 살짝 써야 보이기 시작한 지 이미 몇 개월이 지났다. 평생 처음으로 검안사로부터 시력 검사뿐만 아니라 전체적인 안과 건강에 대한 검진을 다 받았다. 눈은 건강했고, 책 읽는 건 괜찮지만 약간의 근시가 있었다. 결국 안경을 맞추고, 시선의 선명함과 안경의 불편함 사이에서 적응해 가고 있다. 문득문득 '나도 이제 나이가 들고 있구나'라고 인식하게 될 때, 솔직히 조금 쓸쓸하다. 게다가 어린 친구들하고 일을 많이 하다 보니, 이제 서른이라며 나이 많다고 투정 부리는 그들의 젊은 시간이 귀엽고, 부럽기도 하다. 나 역시 가졌었고, 지금은 '안녕' 인사하고 보내 버린 그 시간들. 40대도 청년이지만, 이후 내가 가질 수 있는 청년의 시간은 내가 앞서 보낸 시간들보다는 짧을 것 같다.

　며칠 전 아침, 단골손님 조시에게 커피를 만들어 건네면서 요즘 무슨 책을 보는지 잠깐 이야기를 나누었다. 그녀는 책 대신 제시카 왓슨이라는 호주의 한 여자아이의 이야기를 들려줬다. 열여섯 살에 세계 최연소로 요트를 타고 혼자 세계 일주 여행을 다녀온 그녀의 이야기가 최근 넷플릭스 영화로 나왔다며 추천해 줬다. 그렇게 〈트루 스피릿(True Spirit)〉이라는 영화를 보았다. 주인공 제시카 왓슨이 자신의 나이만큼이나 자그마한 '핑크 레이디'라는 무동력 요트를 타고 무려 214일간 세계를 항해하는 실화 바탕의 영화였다. 최연소 세계 일주라는 꿈을 갖게 된 후, 그녀는 아르바이트하면서 돈을 모으고, 요트 운행에 관한 공부도 하며 그 꿈을 이루고자 4년여를 노력했다. 항해 중에도 바다는 그녀의 용기를 끊임없이 시험했지만 마침내 해내는 모습이 뭉클했다. 그녀의 귀환을 환영하러 시드니항에 모인 수많은 인파 앞에서 왓슨은 이렇게 말한다.

　"특별한 사람이어야 꿈을 이룰 수 있는 건 아니에요. 단지 꿈을 찾아서 믿고 열심히 노력하면 되죠".

왓슨이 어린 나이에 꿈을 위해 도전하는 모습을 보면서, 일흔다섯이라는 나이에 그림을 시작한 미국의 국민 화가, 모지스 할머니가 생각났다. 모지스 할머니는 1860년, 미국의 한 가난한 농장에서 태어났다. 시대가 그랬듯 열두 살이 되면서 농장 일과 가정부 일을 시작했고, 결혼 후 열 명의 자녀를 낳았지만, 다섯 명을 먼저 하늘나라로 보내야 했다. 어린 시절에는 그림 그리는 걸 좋아했지만 물감이 없어 황토로 그림을 그렸고, 전문적인 미술 교육을 받은 적도 없는 그녀가 처음 그림을 시작한 건 일흔다섯이 되어서였다. 이후 80세에 개인전을 열고, 백한 살에 세상을 떠나기 전까지 무려 1,600여 점의 그림을 남겼다. 그녀의 그림은 당시 2차 세계 대전으로 피폐해진 미국 국민들에게 응원과 위로가 되어 주며, '그랜마 모지스'라 불릴 만큼 국민 화가가 되었다고 한다. 마을의 사계절 풍경과 마을 사람들의 일상 모습을 순박한 그림체로 담아낸 할머니의 그림을 보고 있으면 나 역시도 마음이 따뜻해져서 생각날 때마다 종종 들춰 보는 책이다.

"이제라도 그림을 그려서 얼마나 다행인지 모릅니다. 나의 경우에 일흔 살이 넘어 선택한 새로운 삶이 그 후 30년간의 삶을 풍요롭게 만들어 줬습니다."

_《모지스 할머니, 평범한 삶의 행복을 그리다》, 이소영 지음, 홍익출판사, 2016

진정으로 자신의 꿈에 닿고자 하는 사람에게는 인생의 너무 이른 때도, 너무 늦은 때라는 것도 없다고 말해 주는 것 같은 아름다운 두 사람의 이야기.

동경하기만 하던 바리스타 일을 나는 서른아홉에 처음 배우기 시작했다. 잠이 안 오던 새벽, "커피는 일하면서 배울 수 있습니다"라는 디저트 카페의 구인 광고 글을 보자마자 오래 고민하지도 않고 이튿날 무작정 이력서를 가지고 갔다.

나이가 들수록 새로운 일에 도전한다는 건 훨씬 더 큰일처럼 느껴진다. 경험은 많아져도 이상하게 '할 수 있을까'라는 생각과 두려움이 커진다. 그런 겁쟁이가 얼마나 진심이었으면, 되든 안 되든 면접이나 보고 와야지 싶은 마음으로 남편과 상의할 시간까지 아까워 이튿날에 바로 찾아갔다.

하고 싶은 일을 미루고만 있던 마음이 이제 더는 미루지 말라고 나를 재촉하는 것 같았다. 덕분에 나는 직업을 바꿀 수 있었고, 하고 싶은 일을 하자 호주 생활도 더 즐거워졌다.

인생에서 분명 신중히 선택해야 할 일도 있지만, 마음이 쉽사리 움직이지 않을 때는 오래 고민하는 것보다 그냥 마음이 이끄는 대로 먼저 해 보는 게 내 마음을 확인할 수 있는 좋은 방법이 되기도 한다. 그렇게 평일엔 핸드폰 액세서리를 판매하고, 주말에는 디저트 카페에서 저녁 근무를 시작했다. 좋아하는 일을 한다는 건 정말 엄청난 에너지를 가져다주었다. 8시간 반을 일하고도 저녁에 커피를 만들러 가는 그 시간이 즐겁기만 했으니까.

'이 나이에 하는 도전'이 결코 어려운 게 아니라는 걸 조금 경험해 봐서인지 몇 개월 후, 나는 고민만 하던 학교 공부까지 시작했다. 오랫동안 남편이 적극적으로 추천한 것도 있지만, 나 역시도 마흔이 한참 넘고, 오십이 넘어서 카페 일을 못 하게 되면 무슨 일을 할 수 있을지 고민스러웠기 때문이다. 물론 그때쯤에는 은퇴하고 싶지만 사람 일은 어떻게 될지 모르는 거니까. 그러다 지인을 통해 병원에서 수술 도구를 소독하는 일에 대해 알게 됐고, 셰프, 간호사, 요양 보호사와 같은 다른 자격증 코스들보다는 과정도 짧아서 할 만해 보였다. 나중에 적성에 맞지 않아 못하게 되더라도, 경험 삼아 공부해 보자며 가벼운 마음으로 시작했다. 당장은 좋아하는 커피를 배우고 있지만, 10년 뒤 먼 미래도 함께 준비하게 됐다. 수업에 온 사람들은 20대부터 50대까지 나이도 국적도 다양했다. 버스 운전사, 요양원의 키친 스텝, 주부, 학생, 동물원 직원 등 나처럼 아예 처음 수업을 듣는 사람들도 있었고, 이미 병원에서 근무하고 있지만, 자격증 취득을 위해서 수업을 듣는 사람들도 있었다. 못할 것만 같던 6개월간의 수업을 무사히 마치고 지금은 병원 실습만 남겨 두고 있다.

나이를 비롯한 내가 가진 숫자들을 살짝 지워 본다. 내 키와 몸무게, 통장에 있는 자산, 경력 등의 기록을 지우고 남는 내 모습은 무엇인지. 그 숫자들 때문에 오히려 기가 죽고 마음이 더 연약해진 건 아닐지. 낯선 문화 속에서 새로운 언어를 쓰며, 쉽지 않았지만 나는 그 숫자들을 잊어 보려 노력했고, 또 다른 내 세상의 알을 깨 버린 기분이다. 내일은 모두에게 처음이고, 살아 본 적 없는 나이이니까 우리는 죽을 때까지 나에 대해 알아 가고, 삶을 배워 가는 것인지도 모르겠다. 평생이 인생이라는 과목을 붙들고 사는 학생인데, 나이에 너무 기죽지 말자. 열여섯의 왓슨도, 일흔다섯의 모지스 할머니도 그들이 몇 살인지보다 하고자 하는 일에 열정을 쏟았을 뿐이다.

나이는 묘하게 선을 긋는다. 할 수 있는 것과 할 수 없는 것. 내 형편에, 내 주제에 맞는 것에 대해 스스로 한계를 정하게 만든다. 보이지도 않는 나이라는 선에 걸려 넘어 볼 생각도 하지 않고, 앞에서 망설이고 뒤돌아서게 만든다. 신분증에 적힌 물리적인 나이는 마음의 나이와도 같지 않고, 신체적 나이와도 꼭 맞는 것은 아니다. 그냥 한 해 한 해 내가 보낸 시간이니까, 해 보고 싶은 일이 있다면 '나이 때문에'라는 변명은 일단 만들지도 않는 게 좋겠다.

요즘은 자기 나이에 0.8을 곱해서 나온 숫자가 진짜 나이라고 한다. 신체 나이도 젊어졌고, 사회 활동도 왕성하기 때문에 같은 마흔이라고 해도 이전 세대들보다는 젊은 라이프 스타일을 가졌다. 그럼 내 진짜 나이는 서른둘이 된다. 좋아하는 일에 한참 매진하고 열정적이었던 서른둘의 나처럼, 꿈을 끌어 안고 나를 아껴 주며 지내기에 너무나 좋은 시간이다.

어른이 되고 보니, 삶에는 명사보다 형용사가 더 많이 필요한 것 같다. 나의 역할과 위치를 정의하는 명사보다, 내 삶의 태도와 시선을 드러내는 형용사가 더 많았으면 좋겠다.

당신은 지금 행복한가요?

미국의 한 인터뷰어가 뉴욕 거리에서 지나가는 사람들에게 물었다.

"Are you happy?"

대다수 사람이 행복하지 않다고 말하는 모습이 놀라우면서도 놀랍지 않았다. 그 모습을 보고 있는 나 역시 함께 불행해지는 기분이었다. 행복하다는 말은 어쩐지 아무런 의심 없이 쉽게 나오지 않는다. 행복한지 아닌지를 곱씹어 보지 않을 정도로 그 마음이 가득 차 있어야 행복하다고 솔직하게 말할 수 있는 것 같다.

그래서 지금 나는 행복하다.

내가 나에게 꽉 닿아 있어서.

내가 내 안에서 헤매지 않을 수 있어서.

내 행복은 그 안에 있었다.

크고 작은 후회와 미련을 데리고도

나는 행복하게 내가 가고자 하는 방향을 찾아낼 수 있을
것만 같다.

원고를 다 쓰고 마지막으로 에필로그를 쓰고 있는 지금,
이 책을 읽고 있을 누군가를 생각해 본다. 그리고 묻고 싶다.
당신은 행복한가요? 행복은 무언가를 이루고 나서야, 혹은 거
창하게 저 멀리 도달해야 할 어떤 순간이 아니고, 그때그때 오
롯이 느껴야 할 만족과 감사의 순간들이다. '행복한 하루, 멋진
오늘'이라는 말이 뜬구름 같다면, 조금 너그럽게 '오늘 얼마나
만족스러웠는지, 감사한 시간을 보냈는지' 생각해 보시기를.
그리고 마땅히 행복하시기를 바란다. 행복은 '만약에'라는 조
건이 필요한 가정형이 아닌, 현재형이어야 하니까.

하지만 가장 중요하고도 꼭 필요한 전제 하나가 있다면,

스스로를 믿어 주는 일이라 생각한다.

내 삶에 무슨 일이 일어나고 있든,
그 분위기에 휩쓸리지 않고 자신의 가치를 믿고,
자신을 제대로 사랑하는 일이라고 생각한다.

행복은 결코 소소하지 않다.

나는 나를 믿는다

2023년 08월 25일 초판 01쇄 인쇄
2023년 09월 06일 초판 01쇄 발행

지은이 이지은

발행인 이규상 편집인 임현숙
편집팀장 김은영 책임편집 고은솔 책임마케팅 김별
기획편집팀 문지연 이은영 강정민 정윤정 고은솔
마케팅팀 강현덕 이순복 김별 강소희 이채영 김희진 박예림
디자인팀 최희민 두형주 회계팀 김하나

펴낸곳 (주)백도씨
출판등록 제2012-000170호(2007년 6월 22일)
주소 03044 서울시 종로구 효자로7길 23, 3층(통의동 7-33)
전화 02 3443 0311(편집) 02 3012 0117(마케팅) 팩스 02 3012 3010
이메일 book@100doci.com(편집·원고 투고) valva@100doci.com(유통·사업 제휴)
포스트 post.naver.com/h_bird 블로그 blog.naver.com/h_bird 인스타그램 @100doci

—

ISBN 978-89-6833-441-2 03810
ⓒ 이지은, 2023, Printed in Korea